U0565733

张资平小传

张资平（1893—1959），原名张星仪，广东梅县人。少年时期，在美国教会办的广益中西学堂学习，后被广东国民政府选派为留日学生。1922年4月毕业于东京帝国大学理学院地质系，获取理学学士学位。留学日本期间，开始文学创作，并深受日本自然主义文学影响。学地质的张资平，与学医的郭沫若、学经济的郁达夫、学军事的成仿吾，因共同的文学兴趣而聚集在一起，策划、筹建了在中国现代文学史上产生巨大影响的文学社团——创造社。在创造社作家群中，他是创作作品最多的作家。

留日回国后，他在广州、武昌、上海等地，或从商（任蕉岭铅矿厂经理），或任教（武昌师范大学教授），或从政（1930年，曾加入"第三党"），或从事出版（在创造社出版部工作），显示了其突出的社会活动能力。与此同时，他开办过乐群书店，创办《乐群》（半月刊，后改为月刊），出任民族主义文学刊物《国民月刊》主编，文学活动也异常活跃。

抗战爆发后，其志业与追求渐趋偏离进步文学轨道，先后出任"兴亚建国社"文化委员会主席、"中日文化协会"出版组主任、《中日文化》主编等伪职，公开充当了服务汪伪、助纣为虐的文化先锋。抗战胜利后，他因汉奸罪被捕。1955年6月，在"肃反"运动中，张资平被逮捕，后以"历史反革命罪"被判20年徒刑。1959年，因病死于劳改农场，终年66岁。

张资平及其作品拥有众多的"粉丝"，其态爱小说曾风靡一时，深受大众读者喜爱。《冲积期化石》（长篇小说）、《爱之焦点》（小说集）、《飞絮》（长篇小说）、《不平衡的偶力》（长篇小说）、《红雾》（长篇小说）、《最后的幸福》（长篇小说）等都堪称其代表作。在追求个性解放、民主科学的"五四"时代，他的作品确实切合了那个时代青年人的心理和精神需求。他堪称那个年代读者心目中的"男神"。

总 主 编　何向阳

本册主编　吴义勤

百年中篇小说名家经典

BAINIAN
ZHONGPIAN
XIAOSHUO
MINGJIA JINGDIAN

张资平　著

苔莉

TAI LI

河南文艺出版社
·郑州·

一种文体与
一百年的民族记忆

何向阳 　（丛书总主编）

　　自 20 世纪初,确切地说,自 1918 年 4 月以鲁迅《狂人日记》为标志的第一部白话小说的诞生伊始,新文学迄今已走过了百年的历史。百年的历史相对于古老的中国而言算不上悠久,但 20 世纪初到 21 世纪初这个一百年的文化思想的变化却是翻天覆地的,而记载这翻天覆地之巨变的,文学功莫大焉。作为一个民族的情感、思想、心灵的记录,从小处说起的小说,可能比之任何别的文体,或者其他样式的主观叙述与历史追忆,都更真切真实。将这一

百年的经典小说挑选出来，放在一起，或可看
到一个民族的心性的发展，而那可能被时间与
事件遮盖的深层的民族心灵的密码，在这样一
种系统的阅读中，也会清晰地得到揭示。

所需的仍是那份耐心。如鲁迅在近百年
前对阿 Q 的抽丝剥茧，萧红对生死场的深观内
视，这样的作家的耐心，成就了我们今天的回
顾与判断，使我们——作为这一古老民族的每
一个个体，都能找到那个线头，并警觉于我们
的某种性格缺陷，同时也不忘我们的辉煌的来
路和伟大的祖先。

来路是如此重要，以至小说除了是个人技
艺的展示之外，更大一部分是它对社会人众的
灵魂的素描，如果没有鲁迅，仍在阿 Q 精神中
生活也不同程度带有阿 Q 相的我们，可能会失
去或推迟认识自己的另一面的机会，当然，如
果没有鲁迅之后的一代代作家对人的观察和
省思，我们生活其中而不自知的日子也许更少
苦恼但终是离麻木更近，是这些作家把先知的
写下来给我们看，提示我们这是一种人生，但
也还有另一种人生，不一样的，可以去尝试，可
以去追寻，这是小说更重要的功能，是文学家

个人通过文字传达、建构并最终必然参与到的民族思想再造的部分。

我们从这优秀者中先选取百位。他们的目光是不同的,但都是独特的。一百年,一百位作家,每位作家出版一部代表作品。百人百部百年,是今天的我们对于百年前开始的新文化运动的一份特别的纪念。

而之所以选取中篇小说这样一种文体,也是出于这个原因。

中篇小说,只是一种称谓,其篇幅介于长篇小说和短篇小说之间,长篇的体积更大,短篇好似又不足以支撑,而介于两者之间的中篇小说兼具长篇的社会学容量与短篇的技艺表达,虽然这种文体的命名只是在 20 世纪的七八十年代才明确出现,但三四十年间发展迅速,其中的优秀作品在不同时期或年份涵盖长、短篇而代表了小说甚至文学的高峰,比如路遥的《人生》、张承志的《北方的河》、莫言的《透明的红萝卜》、韩少功的《爸爸爸》、王安忆的《小鲍庄》、铁凝的《永远有多远》等等,不胜枚举。我曾在一篇言及年度小说的序文中讲到一个观点,小说是留给后来者的"考古学",

它面对的不是土层和古物，但发掘的工作更加艰巨，因为它面对的是一个民族的精神最深层的奥秘，作家这个田野考察者，交给我们的他的个人的报告，不啻是一份份关于民族心灵潜行的记录，而有一天，把这些"报告"收集起来的我们会发现，它是一份长长的报告，在报告的封面上应写着"一个民族的精神考古"。

一百年在人类历史上不过白驹过隙，何况是刚刚挣得名分的中篇小说文体——国际通用的是小说只有长、短篇之分，并无中篇的命名，而新文化运动伊始直至 70 年代早期，中篇小说的概念一直未得到强化，需要说明的是，这给我们今天的编选带来了困难，所以在新文学的现代部分以及当代部分的前半段，我们选取了篇幅较短篇稍长又不足长篇的小说，譬如鲁迅的《祝福》《孤独者》，它的篇幅长度虽不及《阿Q正传》，但较之鲁迅自己的其他小说已是长的了。其他的现代时期作家的小说选取同理。所以在编选中我也曾想，命名"中篇小说名家经典"是否足以囊括，或者不如叫作"百年百人百部小说"，但如此称谓又是对短篇小说的掩埋和对长篇小说的漠视，还是点出

"中篇"为好。命名之事,本是予实之名,世间之事,也是先有实后有名,文学亦然。较之它所提供的人性含量而言,对之命名得是否妥帖则已显得不那么重要了。

值此新文化运动一百年之际,向这一百年来通过文学的表达探索民族深层精神的中国作家们致敬。因有你们的记述,这一百年留下的痕迹会有所不同。

感谢河南文艺出版社,感动我的还有他们的敬业和坚持。在出版业不免利益驱动的今天,他们的眼光和气魄有所不同。

2017 年 5 月 29 日　郑州

目录

一

　　她的住宅——建在小岗上的屋，有一种佳丽的眺望。 小岗的下面是一地丛生着青草的牧场。 牧场的东隅有一座很高的塔，太阳初升时，投射在草场上的塔影很长而呈深蓝色。塔的年代很古了，塔壁的色彩很苍老，大部分的外皮受了长期的风化作用，剥落得凹凸不平，塔壁的下部满贴着苍苔。塔的周围植着几株梅树，其间夹种着无数的桃树。 梅花固然早谢落了，桃树也满装了浅青色的嫩叶。

　　朝暾暮雨和正午的炊烟替这寒村加添了不少的景色。 村人的住宅都建在岗下，建在岗上的只有三两家。 她站在门前石砌上，几乎可以俯瞰此村的全景。

　　村民都把他们的稻秧种下去了。 岗下的几层段丘都是水田，满栽着绿茵茵的青秧。 两岸段丘间是一条小河流，流水和两岸的青色相映衬，像一条银带蜿蜒的向南移动。 对岸上层段丘上面也靠山的建立着一列农家。

　　村民的生活除耕种外就是采樵和牧畜了。 农忙期内，男的和女的共同耕种和收获。 过了农忙期后，男的出去看牛或牧羊，女的跑到山里去采樵。

她的母亲一早就出去了，带一把砍刀，一把手镰，一条两端削尖的竹杠和两条麻索出去了。 她的丈夫也牵着一头黄牛过邻村去了。 她没有生小孩子以前是要和她的母亲——其实是她的婆婆——一同到山里采樵去的。 可怜她，还像小女儿般的她，前年冬——十六岁的那年冬，竟做了一个婴孩的母亲了。

"哑哑啊！ 我的宝贝睡哟！ 哑哑啊！ 我的乖乖睡哟！"她赤着足，露出一个乳房坐在门首的石砌上喂乳给她的孩子。

邻村的景伯姆，肩上担着一把锄头走过她的门首。

"段妹儿，你的乖乖还没断奶么？"她的生父姓段，村人都叫她做段妹子。

"早就想替他断奶。 但夜间睡醒时哭得怪可怜的，所以终没断成功。"

含着母亲的乳房，快要睡的小孩儿听见他妈妈和人说话，忙睁开圆眼睛，翻转头来望景伯姆。 可爱的小孩儿伸出他的白嫩的小手指着景伯姆，"唉，呀呀！ 唉，呀呀！"的呼着。 景伯姆也跑了过来，用她的黑而粗的食指头轻轻的向小孩儿的红嫩的小颊上拍。

"乖乖！ 你这小乖乖！ 你看多会笑。 乖乖几岁了？"景伯姆半向她，半向她的小孩儿问。

"对了岁又过三个月了，景伯姆。"村里称婴儿满了一周年为"对了岁"。她笑着说了后，若有所怅触，叹了一口气。"岁月真快过呀，景伯姆。我们不看小的这样快的长大，哪里知道自己的老大。"

"这不是你们说的话，这是我们快入墓穴的人说的话！你们要享后福的，你要享这小乖乖的福的。"景伯姆一面说，一面担着锄头向古塔那方面去。

"景伯姆，看田水去么？我送你一程。"她抱着小孩子跟来了。小孩子更手舞足蹈的异常高兴。

"是的，昨晚下了一夜的大雨，我的稻秧不浸坏了么。我想把堤口锄开些，放水出来。"

"你太多钱了，买田买过隔村去。你们有钱人都是买苦吃的。"她且说且行，不觉的送景伯姆到塔后来了。她不敢再远送，望景伯姆向岗下去了。小孩子还伸着手指着景伯姆，"唉的，唉的"的叫着要跟去。

她翻转头来呆望着塔背的一株古梅出神，并不理小孩子在叫些什么了。她呆呆的望着那株梅树出了一回神，才半似自语，半似向小孩子的叹了一口气。

"怙儿——这还是你的爸爸取的名——怙儿，你去年春在这梅树下和你的爸爸诀别，你还记得么？你爸爸向你的小颊上吻了一吻就去了，你也记得么？"她说了后，觉着双目发热。她还是痴痴的望那株梅树。

对岸农家的鸡在高声的啼，惊破了大自然的沉静。远远的还听见在山顶采樵的年轻女人在唱山歌：

蓬辣滩头水满堤，
迷娘山下草萋萋，
暂时分手何珍重，
岂谓离鸾竟不归。

共住梅江一水间，
下滩容易上滩难，
东风若肯如郎意，
一日来时一日还。

　　她们的歌声异常的悲切，引起了她无限的追忆——刻骨
的悲切的追忆。　她望见岗下和隔河农家的炊烟，才懒懒的抱
着小孩儿回去。

二

　　怙儿的来历的秘密，不单她一个人知道，她的丈夫当然
知道的，她的婆婆也有些知道，为了种种的原因，终不敢把
这个秘密说穿。

　　她的乳名是保瑛。　保瑛的父母都是多产系，她的母亲生
了她后仅满一周年，又替她生了一个弟弟。　她的父亲是个老
而且穷的秀才，从前也曾设过蒙塾为活，现在受着县署教育

局的先生的压迫，这碗饭再吃不成功了。 像她的父亲的家计是无雇用乳母的可能。 她的母亲只好依着地方的惯例，把她送到这农村来做农家的童养媳了。

魏妈——保瑛的婆婆，是保瑛的母亲的嫡堂姊妹，她的丈夫魏国璇算是村中数一数二的豪农。 魏翁太吝啬了，他的精力的耗费量终超过了补充量，他的儿子——保瑛的丈夫——生下来不足半年，他就抛弃他的妻子辞世了。

丈夫死后的魏妈，很费力的把儿子泰安抚育至三周岁了。 泰安断了奶后，魏妈是很寂寞的，和保瑛的母亲有姊妹的关系，听见要把保瑛给人家做童养媳，所以不远五六十里的山路崎岖，跑到城里去把保瑛抱了回来。 在那时候才周岁的保瑛，嫁到了一个三岁多的丈夫了。

保瑛吃魏妈的乳至两周岁也断了奶。 魏妈在田里工作时，他们一对小夫妻的鼻孔门首都垂着两条青的鼻涕坐在田堤上耍。 这种生活像刻板文章的继续至保瑛七岁那年，段翁夫妇才接她回城去进小学校。 魏妈对保瑛的进学是始终不赞成的，无奈段翁是住城的一个绅士，拿义务教育的艰深不易懂的名词来恐吓她，她只得听她的童养媳回娘家去了。 但魏妈也曾提出了一个条件，就是保瑛到十六岁时要回来和她的儿子泰安成亲。 保瑛住娘家后，每遇年节假期也常向平和的农村里来。

保瑛和她的弟弟保珍同进了县立的初等小学校，初等小学校毕业后再进了高等小学校。 保瑛十四岁那年冬，她和弟弟保珍也同在高等小学校毕业了。 这八年间的小学校生活是平淡无奇的，保瑛身上也不起何等变化。 高等小学毕业后的保瑛姊弟再升进中学否，算是他们家庭里的一个重要问题了。

"姊姊，你就这样的回家去，不再读书了么？"保珍当着他的父母面前故意的问保瑛。

"够了，够了。 女人读了许多书有什么用！ 还是早些回魏家去罢。 你看魏家的姨母何等的心急。 每次到来总唠唠叨叨的叹息说着她家里没人帮手。"

裤脚高卷至膝部，赤着双足，头顶戴着一块围巾，肩上不是担一把锄头就是担一担粪水桶：这就是农村女人的日常生活——保瑛每次向农村去，看见了会吐舌生畏心的生活。 保瑛思念到不久就要脱离女学生生活，回山中去度农妇生活，不知不觉的流下泪来了。

"教会的女子中学要不到多少费用，就叫姊姊进去罢。"

"再读也不能毕业了。 姊姊十六岁就要回魏家的。 高等小学的程度尽够人受用了，不必再读了。"段妈还是固执着自己的主张。

"不毕业有什么要紧！ 多读一天有一天的智识！"保瑛恼着反驳她的母亲。

"她既然执意要读，就由她进教会的女中学罢。 基督教本来信不得的，但有时不能不利用。 听说能信奉他们教会的教条的学生们，不单可以免学费，还可望教会的津贴。 你看多少学生借信奉耶稣教为名博教会的资助求学。 最近的例就是吉叔父，你看他今年暑假回来居然的自称学士，在教会的男女中学兼课，月薪六十五块大洋！ 大洋哟！ 他在 H 市的教会大学——滥收中学毕业生，四年之后都给他们学位的大学——四年间的费用完全由教会供给。 他们心目中只知道白灿灿的银，教会资助他们的银，所以不惜昧着自己的良心做伪善者。 其实哪一个真知有基督的。 他们号称学士又何曾有什么学问！ 普通科学的程度还够不上，说什么高深学问！但他们回来也居然的说要办大学了。 真是聋子不怕雷！ 这些人的行为是不足为法的，不过你们进了教会的学校后，就不可有反对耶稣教的言论，心里不信就够了，外面还是佯说信奉的好，或者也可以得教会的津贴。 这就是孟夫子所说'权'也者是也。"

"是的，你提及吉叔我才想起来了。 今天早上吉叔母差人过来——差他家的章妈过来问瑛儿可以到她家里去住一年半年代她看小孩子么？ 她说瑛儿若慢回婿家去，就到她家里去住，她家离教会和学校不远，日间可以上课，早晚就替她看顾小孩子。"

"有这样好的机会，更好没有的了。 瑛儿，你愿意去么？"

"……"含笑着点点头的是保瑛。

段翁和吉叔的血统关系不是"嫡堂""从堂"这些简单的名词可以表明的了。 他们的血统关系是"他们的祖父们是共祖父的兄弟——嫡堂兄弟"。

"听说吉叔是个一毫不苟的基督教徒，你看他的满脸枯涩的表情就可以知道他的脾气了。 他对你有说得过火的话，你总得忍耐着，吉叔母倒是个很随和的人，她是个女子师范出身的，你可以跟她学习学习。"保瑛初赴吉叔家时，她的母亲送至城门首再三的叮嘱。

"吉叔父——叔父两个字听着像很老了的，听说他只三十三岁，哪里会像有须老人般的难说话。 我不信，我不信。"保瑛在途中担心的是吉叔父。"真的是可怕的人，也就少见他罢，我只和章妈和叔母说话。"

吉叔的住家离城约五里多路，是在教会附近租的一栋民房，由吉叔住家到教会和学校还有半里多路。 礼拜堂屋顶竖立着的十字架远远的望见了。 学校的钟楼也远远的望见了。 人种上有优越权的白人住的几列洋楼远远的望见了。 在中国领土内只许白人游耍，不准中国人进去的牧师们私设的果园中的塔也远远的望见了。 最后最低矮的白人办的几栋病室也远远的望见了。 经白人十余年来的经营，原来是一块单调的河畔冲积地，至今日变为一所气象最新的文化村了。

"科学之力呢？ 宗教之力呢？ 小学校的理科教员都在讴歌科学之力的伟大。 但吉叔一般人说是基督教之力。"保瑛怀着这个疑问正在思索中，吉叔的住家早站在她的眼前了。

三

最先出来迎她的是吉叔的儿子保琇，今年四岁了。 其次出来的是章妈。 章妈说，吉叔在学校还没有回来。 章妈又说，叔母吃过了中饭说头晕，回房里去午睡去了。 章妈最后问她吃过了中饭没有。

"谢谢你，我吃过了来的。"保瑛携着保琇的手跟着章妈达到会客厅里来了。 厅壁的挂钟告诉她午后一点半了。

"姊姊今后住在我们家里不回去么？"保琇跟他的父母回到老祖屋时，常到保瑛那边去耍，今见保瑛来了，靠在保瑛怀里像靠在他母亲怀里一样的亲热。

"是的，琇弟！ 以后我们常在一块儿。 你喜欢么？"

"啊！ 喜欢，太喜欢。 比妈妈还要多的喜欢你。 妈妈是不和我玩的。"

"啊啦！ 你听，瑛姑娘！ 他那张嘴真会骗人爱他。"章妈和保瑛同时的笑了。

"瑛姑娘，你今年多少岁了？ 十六？ 十七？"

"你看我那样多岁数，章妈？"保瑛脸红红的。

"无论谁看来都要猜你是十七岁。 至少十七岁！"

"十五岁哟，章妈，我是年头——正月生的；才满十四岁哟。"保瑛同时感着近来自己身体上有了生理的变化，禁不住双颊绯红的。

"我不信，只十五岁？"

"真的瑛儿今年才十五岁。"里面出来的是吉叔母——岁数还在二十五六间的年轻叔母。叔母的脸色始终是苍白的。行近来时，额下几条青色的血脉隐约的认得出，一见就知道她是个神经质的人。

"章妈说你头晕，好了些吗，叔母？"

"中饭后睡了一会儿，好了些了。"吉叔母一面伸出两根苍白的手指插入髻里去搔痒，一面在打呵欠。打了呵欠后，她说：

"学校的用书你叔父都代你买了。你的房子章妈也代你打整好了，你和琇儿同一个房子。房子在我们寝室的后面，和你叔父的书房相连，是很精致的，方便读书。琇儿，你不带瑛姊到你们房里去看看？"

中厅两侧是两大厢房，近门首的是章妈的寝室，那一边才是叔母的寝室。大厢后面有两个小房子，其实是一间大房子，中间用木墙分截作两间小房子。章妈寝室后面的：一间是厨房，一间是浴室。叔母寝室后面的：一间是叔父的书房，一间是保瑛和保琇的房子。厢房的门和厅口同方向。保瑛的房子和吉叔父书房同一个出入的。经过书房，再进一重木墙的门就是她的房子了。书房的门正在中厅的屏风后的左隅。木墙门上挂一张白布帘，就是书房和保瑛保琇的房间的界线了。

保琇转过屏风后，早跑进书房里去了。叔母和保瑛也跟了过来，只有章妈向对面的厨房里去了。 书房里的陈设很简单，靠窗一个大方桌，桌前一张藤椅子。 近门首的壁下摆着一张茶几，两侧两把小靠椅。 靠厢房的方面靠壁站着两个玻璃书橱。 木墙的门和书橱的垂直距离不满五寸。 接近大方桌靠着木墙摆着一张帆布椅。 大方桌上面，文具之外乱堆着许多书籍。

"叔父不是在书房里歇息？"保瑛看了书房里的陈设，略放心些。

"不。 他早晨在这里预备点功课。 晚上是很罕到书房里来的。 就有时读书也在厅前，或在我的房里。"

保瑛的房里的陈设比较的精致，靠厢方面的壁，面着窗摆着一张比较宽阔的木榻，是预备她和保琇同睡的。 榻里的被褥虽不算华丽，也很雅洁的。 靠窗是一张正式的长方形的书台。 叔母告诉她，这张台原是叔父用着的，因为她来了就换给她用。 靠内壁也有一个小玻璃书橱。 书橱和寝榻中间有一台风琴。 这风琴给了保瑛无限的喜欢。 书台的这边靠着木墙有一张矮藤桌和矮藤椅，藤桌上面放着许多玩具。 近木墙门口有一小桌，桌上摆的是茶具。

保瑛和叔母在房里坐了一会，同喝了几杯茶，章妈跑进来说保瑛的行李送到了。 她的行李是很简单的——一个大包袱，一个藤箱子。

"瑛姑娘来了么？"保瑛和叔母坐在厅里听见吉叔父问章妈的声音。

"回到家里来，第一句就是问我来了没有，吉叔父怕不是像母亲所说的那样可怕的人。"保瑛寻思着要出来，叔母止住她。 叔父也走进厅前来了。

晚餐的时候，一家很欢乐的围着会客厅的长台的一端在吃稀饭。 地方的习惯，早午两餐吃饭，晚上一餐不论如何有钱的人家都是吃稀饭的。 几色菜也很清淡可口。 保瑛想比自己父亲家里就讲究得多了。

"岁月真的跑得快。 我还在中学时代，瑛儿不是常垂着两条青鼻涕和一班顽皮的小学生吵嘴么？ 你看现在竟长成起来了。"

"啊啦！ 叔父真会说谎。 叔父在中学时代，我也有九岁十岁了，哪里会有青鼻涕不拭干净给人看见。"像半透明的白玉般的保瑛的双颊饱和着鲜美的血，不易给人看的两列珍珠也给他们看见了。 鲜红的有曲线美的唇映在吉叔父的视网膜上比什么还要美的。

到了晚上，小保琇很新奇的紧跟着瑛姊要和她一块睡。他在保瑛的榻上滚了几滚，很疲倦的睡着了。 叔父和叔母也回去歇息了。 只有章妈还在保瑛的房里自言自语的说个不了。 她最先问保瑛来这里惯不惯，其次问她要到什么时候才回婆家去。 保瑛最讨厌听的就是有人问她的婆家；因为一提起婆家，像黑奴般的泰安，赤着足，戴着竹笠，赤着身的姿态，就很厌恶的在她眼前幻现出来。 章妈告诉她，吉叔父对我们是正正经经的，脸色很可怕，但对叔母是很甜甜蜜蜜的多说多笑。 章妈又告诉她，他们是很风流的，夜间常发出一种我们女人不该听的笑声，最后章妈告诉她说吉叔父是一个怕老婆的人。

章妈去后，保瑛暗想吉叔父并不见得是个很可怕的人。他对自己的态度很恳切的，无论如何叔父今天是给了我一个生快感的印象。 叔父的脸色说是白皙，宁可说是苍白，高长的体格，鼻孔门首蓄着纯黑的短髭。 此种自然的男性的姿态在保瑛看来是最可敬爱的。

"妈！ 妈妈！"保瑛给保琇的狂哭惊醒了。 保琇睡醒时不见他的母亲，便狂哭起来。

"琇弟，姊姊在这里，不要怕，睡罢，睡罢。"保瑛醒来忙拍着保琇的肩膀。 保琇只是不理，还是狂哭不止。

"啊，琇儿要妈妈，要到妈妈床上睡。 去，去，到妈妈那边去。"叔父听见保琇的哭声跑了过来。

辫髻微微的松乱着，才睡醒来的双目也微微的红肿，纯白的寝衣，这是睡醒后的美人的特征。 这种娇媚的姿态由灯光的反射投进吉叔父的眼来，他禁不住痴望着保瑛片刻。 给叔父这片刻间的注意，保瑛满脸更红热着，低了头，感着一种不可思议的羞愧。

四

"叔父，我不上学去了。 我只在家里，叔父早晚教我读英文和国文就够了。"保瑛由学校回来，在途上忽然的对吉叔父说。

"为什么？"吉叔父翻首笑问着她。 她脸红红的低下头去避他的视线。

"她们——同学们太可恶了。 一切刻毒的笑话都敢向我说。"

"什么笑话呢？"吉叔父还是笑着问。 他一面想身体发育比一般的女性快的保瑛，在一年级的小儿女们的群中是特别会引人注意的。 她的美貌更足以引起一班同学们的羡妒。

"你不想学他种的学科，就不上学也使得。"

"数学最讨厌哟。 什么博物，什么生理，什么地理，历史，我都自己会读。 就不读也算了。 我只学英文国文两科就够了。"

"不错，女人用不到高深的数学。 高等小学的数学尽够应用的了。"

"……"保瑛想及她们对她的取笑，心里真气不过。

"她们怎样的笑你？"吉叔父还是笑着问。

"叔父听不得的。"保瑛双颊发热的只回答了一句。 过了一刻，"真可恶哟！ 说了罢！ 她们说我读什么书，早些回去担锄头，担大粪桶的好。"保瑛只把她们所说的笑谑中最平常的告诉了叔父。

她们笑她，她和叔父来也一路的来，回去也一路的回去，就像两夫妇般的。 她们又笑她，学校的副校长和异母妹生了关系的丑声全县人都知道了；段教员是个性的本能最锐敏的人，有这样花般的侄女同住，他肯轻轻的放过么？ 副校长和段教员难保不为本教会的双璧。

保瑛是很洁白的，但她们的取笑句句像对着她近来精神状态的变化下针砭。 她近来每见着叔父就像有一种话非说不可，但终不能不默杀下去；默杀下去后，她的精神愈觉得疲倦无聊。 她有时负着瑛弟在门首或菜园中踯躅时，叔父定跑过来看看保瑛。 叔父的头接近她的肩部时，就像有一种很重很重的压力把她的全身紧压着，呼吸也很困难，胸骨也像会碎解的。

二月杪的南方气候，渐趋暖和了。 一天早上保瑛很早的起来，跑到厨房窗下的菜圃中踯躅着吸新鲜空气。 近墙的一根晚桃开了几枝红艳的花像对着人作媚笑。 保瑛走近前去，伸手想采折几枝下来。

"采花吗？"

保瑛忙翻过头来，看叔父含着雪茄也微笑着走进菜圃来了。

"叔父！ 桃花开了哟！"她再翻转头去仰望着桃花。"一，二，三，四，五，六，六枝哟！ 明后天怕要满开罢。"

雪茄的香味由她的肩后吹进鼻孔里来。 她给一种重力压着了，不敢再翻转头来看。 处女特有的香气——才起床时尤更浓厚的处女的香气，给了他一个奇妙的刺激。

她把低垂着的一枝摘下来了。

"那朵高些儿。 叔父，过来替我摘下来。"

吉叔父把吸剩的雪茄掷向地下，蹬着足尖，伸长左手探采那一枝桃花。 不提防探了一个空，身体向前一闪，忙把右臂围揽了保瑛的肩膀。 他敌不住她的香气的诱惑，终把她紧紧的抱了一会。

厨房的后门响了。 章妈的头从里面伸出来。 保瑛急急的离开吉叔父的胸怀，但来不及了。 章妈看见他和她亲昵的状态，把舌头一伸，退入厨房里去了。

"对不住了，保瑛。"吉叔父望着她低着头急急的进屋里去。 保瑛经叔父这一抱，久郁积在胸部的闷气像轻散了许多。

那晚上十二点钟了。 保瑛还没有睡，痴坐在案前望洋灯火。 叔父在叔母房里的笑声是对她的一种最可厌的诱惑。不知从什么时候起，这种笑声竟引起了她的一种无理由的妒意。

"我还是回母亲那边去罢，我在叔父家里再住不下去了。我再住在这家里不犯罪就要郁闷而死了——真的能死还可以，天天给沉重的气压包围着，胸骨像要片片的碎裂，头脑一天一天的固结，比死还要痛苦。 今早上他是有意的，我承认他是有意的。 那么对他示同意，共犯罪么？ 使不得，使不得，这种罪恶是犯不得的。 我不要紧，叔父在社会上的名誉是要破产的。 走吗？ 我此刻舍不得他了。"

自后不再怕叔父的保瑛的瞳子，对着叔父像会说话般的——半恼半喜的说话般的。

"有一种怪力——叔父有一种怪力吸着我不肯放松。"保瑛身体内部所起的激烈的摇动的全部，在这一个简短的语句中完全的表示出来了。 她几次想这样的对他说，但终没有勇气。 她近来对叔父只有两种态度：不是红着脸微笑，就沉默着表示她的内部的不满和恨意。 但这两种态度在吉叔父眼中只是一种诱惑。

"明年就要回山村去了。 回去和那目不识丁的牧童作伴侣了。 我算是和那牧童结了婚的——生下来一周年后和他结了婚的，我是负着有和他组织家庭的义务了。 社会都承认我是他的妻了。 礼教也不许我有不满的嗟叹。 我敢对现代社会为叛逆者么？ 不，不，不敢……除非我和他离开这野蛮的、黑暗的社会到异域去。"保瑛每念到既联姻而未成亲的丈夫，便感着一种痛苦。

五

造物像有意的作弄他们。 那年秋吉叔母竟赋悼亡。 有人说叔母是因流产而死的。 又有人说是叔母身体本弱，又因性欲的无节制终至殒命了。 众说纷纭，连住在他们家里的保瑛也无从知道叔母的死因。

那年冬保瑛回山村的期限到了，段翁因族弟再三的请求，要保瑛再在他家中多住三两个月替他早晚看顾无母之儿阿琇。 保瑛自叔母死后，几把叔父的家务全部一手承办，不想再回山村去了。 但在叔父家里住愈久，愈觉得章妈可怕，时常要讨章妈的欢喜。

冬天的一晚，寒月的光由窗口斜投进保瑛的房里来。 她唱着歌儿把保琇哄睡了后，痴坐在窗前望窗外的冷月。 章妈早睡了，叔父还没有回来。 寂静而冷的空气把她包围得怕起来了，她渴望着叔父早一点回来。

"呃！ 深夜还有人在唱山歌。"梅岭的风俗淫荡，下流社会的青年男女常唱着山歌，踏月寻觅情人。"他们唱些什么？"保瑛在侧耳细听。

"不怕天寒路远长，因有情妹挂心肠。 妹心不解郎心苦，只在家中不睬郎。"男音。

"行过松林路渐平，送郎时节近三更，花丛应有鸳鸯睡，郎去莫携红烛行。"女音。

保瑛痴听了一会，追忆及两个月前坐在叔父膝上听他们唱山歌和叔父评释给她听的时候的欢乐，望叔父回来之心愈切。

狗吠了。 叔父回来了。 保瑛忙跑出来开门。

"啊呀！ 我自来没见过叔父醉到这个样子！"保瑛提着手电灯把酒气冲人，满脸通红的叔父接了进来。

"可爱的，可怜的小鸟儿！"吉叔父把娇小的保瑛搂抱近自己胸膛上来。

他和她携着手回到书房里对面坐着默默的不说话。

"完全是夫妇生活了，我和他！"她也在这样的想。

"完全是夫妇生活了，我和她！"他也在这样的想。 默坐了半点多钟，保瑛先破了沉默。

"叔父今晚在什么地方吃醉了？"

"我们在 H 市的大学同学开了一个恳亲会。 虽说是恳亲会，实是商议对副校长的态度。 因为近来有一班学生要求副校长自动的辞职。 我们当教员的当然不能赞许学生的要求。最公平无私，也只能取个中立态度。 学生们说副校长不经教会会众的推选，也不经谁的委任自称为副校长。 学生又说副校长近来私刻名片，借华校长的头衔混充校长了。 学生们又说副校长是蓄妾的淫棍，没有做教徒的资格。 学生们又说副校长和异母妹通情，久留在他家里不放回妹夫家去，害得妹夫向他的老婆宣布离婚。 学生们又说副校长借捐款筹办大学的名，替正校长的美国人聚敛，美国人是一见黄金就满脸笑容的，所以死也庇护着副校长，默许他在教会中作恶。 学生们又说学校能容纳这样道德堕落的校长，学校是全无价值的了；为母校恢复名誉起见，不能不把副校长放逐。 可怜的就是，有一班穷学生希望着副校长的栽培——希望着副校长给他的儿子们吃剩的残羹余饭给他们吃，死拥护这个不名誉的副校长，说副校长就是他们的精神上的父亲，攻击副校长即是破坏他们的母校，骂副校长就和骂他们父亲一样，他们是认副校长做父亲的了！"

"你们当教员的决取了什么态度？"保瑛笑着问。

"还不是望副校长栽培的人多，叫副校长做父亲的多！取中立态度的只有我和 K 君两个人。 其他都怕副校长会把他们的饭碗弄掉。 要顾饭碗就不能不把良心除掉。 现在社会只管顾着良心是会饿死的！ 你看副校长的洋楼，吃面包牛乳，他的生活几乎赶得上人种上有优越权的白色人的生活了，这全是他不要良心的效果！"吉叔父说后连连的叹息。

"……"保瑛只默默的不说话。

"他们很可恶的还取笑我。 他们像知道我们……"

"他们取笑你什么！"保瑛脸红红的望着叔父。

"他们说，我是个不耐寂寞的人，这两三个月来真的守着独身不是还是个疑问。"吉叔父说了后笑了。

"讨厌的他们的什么话都乱说！"保瑛微笑着斜视吉叔父表示一种媚态。

"是的，叔父，章妈真可怕哟！"她像有件重要事要对叔父说，"章妈说，'瑛姑娘你近来变怪了。 为什么专拣酸的东西吃？'她说了后还作一种谑笑，害得我真难为情。 真的，我近来觉得再没有比酸的东西好吃的。"

"真了么？ 我们所疑虑的真了么？"叔父觉得自己的双颊及额都发着热。

"知道真不真！ 不过那东西过了期还不见来。"保瑛蹙着额像在恨叔父太无责任了。

"……"叔父只叹了一口气。

"万一是真的话，我这身体如何的处置，叔父！"

"你就回去，快回去和你的丈夫成亲罢！"无责任的，卑怯的叔父想把这句话说出来；他怕伤了侄女儿的心，又吞下去了。他只能默默的。

两人又沉默了一刻。

"除了这梅城地方外，他处没有吃饭的地方么？"保瑛像寻思什么方法的样子，很决意的问。

"你为什么这样的问？"

"我们三个就离开这个地方不好么？"

由教会的栽培，造成的师资只能在教会学校当教师，别的学校是不欢迎的了，就像个刑余之人一样到外地找饭吃的问题，在卑怯的吉叔父是完全没有把握。他还是默默的。

六

保瑛回山村去时，正是春花盛开的时候。保瑛回去四五日后就寄了一封信来。她的信里说，他和她的相爱，照理是很自然而神圣的，不过叔父太卑怯了。她的信里又说最初她是很恨叔父之太无责任，但回来后很思念叔父，又转恨而为爱了。她和他的分离完全是因为受了社会习惯的束缚和礼教的制限。她的信里又说，总之一句话，是她自己不能战胜性的诱惑了。她的信里又说从梦里醒来，想及自己的身体会生这种结果，至今还自觉惊异。她的信里又说此世之中，本有

人情以外的人情。 她和他的关系，由自己想来实在是很正当
的恋爱。 她的信里又说，她对他的肉体的贞操虽不能保全，
但对他的精神的贞操是永久存在的。 她的信里又说，她回来
山村中的第二天的早上，发见那牧童睡在她身旁时，她的五
脏六腑差不多要碎裂了。 她的信里又说，她此后时常记着叔
父教给她的"Love in Etemity①"这一句。 她的信里最后说，
寄她的爱给琇弟。

叔父读了她的信后，觉着和她同居时的恐怖和苦恼还没
有离开自己。 保瑛虽然恕我，但我误了她一生之罪是万不能
辞的。 他同时又悔恨不该在自己的一生涯上遗留一个拭不干
净的污点。

他重新追想犯罪的一晚。

妻死后两周月了。 他很寂寞的。 有一次他看见她身上
的衣单，把亡妻的一件皮袄儿改裁给她。 那晚上他把那改裁
好了的皮袄带回来。 他自妻死后，每天总在外边吃晚饭。
要章妈睡后才回来。

"你试把它穿上，看合式不合式。"他坐在书房里的案前
吸着雪茄。

"走不开，琇弟还没熟睡下去。"保琇自母死后每晚上只
亲着她，偎倚着才睡。

"你看，他听见我们说话又睁开眼睛来了。 不行，琇

① Love in Etemity：英语，爱在来世。

弟！ 哪里每晚上要摸着人的胸怀才睡的！ 你再来摸，我不和你一块儿睡了。"

叔父听见保琇醒了，走进保瑛房里来。

"不行哟！ 不行哟！ 人家脱了外衣要睡了，还跑到人家房里来。"保瑛笑恼着说。 帐没有垂下，保瑛拥着被半坐半眠的偎倚着保琇，她只穿一件白色的寝衣，胸口微微的露出。 吉叔父痴看了一会，给保瑛赶出书房外去了。

过了半个时辰的沉默。

"睡了么！"

"睡了，低声些。"叔父听见她下床的音响。 不一刻她把胸口的纽儿纽上，穿着寝衣跑出来了。

"皮袄儿在哪里，快给我穿。 冷，真冷。"

她把皮袄穿上后，低着头自己看了一会然后再解下来。

"叔父，肩胁下的衣扣紧得很，你替我解一解吧。"

吉叔父行近她的身旁，耐人寻味的处女的香气闷进他的鼻孔里来。 关于皮袄的做工和价值，她不住的寻问。 她的一呼一吸的气息把叔父毒得如痴如醉了。 他们终于免不得热烈的拥抱着接吻。

"像这样甜蜜的追忆，就便基督复生也免不了犯罪的。"他叹息着对自己说。

自后半年之间，她并无信来。 一直到十月初旬才接到她来一封信。

……叔父，今天是我们的纪念日，你忘记了么？我前去一封信后很盼望叔父有信复我，但终归失望了。叔父不理我或是怕写给我的信万一落在他人手里，则叔父犯罪的证据给人把持着了。如果我所猜的不会错时，那我就不能不哭——真的不能不哭叔父的卑怯。我不怕替叔父生婴儿，叔父还怕他人嘲笑么？想叔父既然这样无情的不再理我那我就算了，我也不再写信来惹叔父的讨厌了。不过叔父，你要知道我身体，因为你变化为不寻常的身体了。我因这件事，我的眼泪未曾干过。叔父若不是个良心死绝的人，不来看看我，也该寄一封信来安慰我。我的丈夫和婆婆都有点知道我们的秘密，每天的冷讥热刺实在令人难受。叔父，你须记着我这个月内就要临盆了。我念及此，我寂寞得难耐。我想，我能够因难产而死——和可怜的婴儿一同死去，也倒干净省却许多罪孽。叔父，你试想，我这腹中的婴儿作算能生下来，长成后在社会中不受人鄙贱，不受人虐待么？叔父你要知道我们间的恋爱不算罪恶，对我们间的婴儿不能尽父母之责才算是罪恶哟！最后我望你有一回来看我，一回就够了！我不敢对你有奢望了……

自她生了婴儿后，气量狭小的社会对吉叔父发生了一个重大的问题——宗教上和教育上的重大问题。社会说，如果他真的有这种不伦的犯罪，不单要把他从教育上赶出去，也要把他从社会赶出去。 族人们——从来嫉妒他的族人们说，若她和他真的有这种不伦的关系，是要从此地方的习惯，把女的裸体缚在柱上一任族人的鞭挞，最后就用锥钻刺死她；把男的赶出外地去，终身不许他回原籍。 虽经教会的医生证明说，妊娠八个月余就产下来的倒很多，不能硬把这妊娠的期短，就断定女人是犯罪，但是族人还是声势汹汹的。

吉叔父看见自己在这地方再站不住了。 教会学校有暗示的听他自动的辞职。 他把保琇托给亲戚后，决意应友人的招请，到毛里寺岛去当家庭教师。 他临动身，曾到山村的塔后向她和她的婴儿告别。 他和她垂泪接吻时，听见采樵的少女在山上唱山歌：

"帆底西风尘鬓酸，阿郎外出妹摇船，不怕西风寒透骨，怕郎此去不平安。"

一九二四年八月八日于蕉岭山中

（1928 年 6 月初版，小说集《梅岭之春》）

一

C 今年六月里在 K 市高等学校毕业了。 前星期他到了东京，在友人家里寄寓了两个星期，准备投考理科大学。 现在他考进了大学，此后他就要在东京长住了，很想找一个幽静清洁的能够沉心用功的寓所。

欧洲大战没有发生之前，在日本的留学生大都比日本学生多钱，很能满足下宿旅馆主人的欲望，所以中国学生想找地方住也比较容易。 现在的现象和从前相反了，住馆子的留学生十个有九个欠馆账，都比日本学生还要吝啬了。 日本人见钱眼开，对留学生既无所贪，自然不愿收容中国人了。 并且留学生也有许多不能叫外国人喜欢的恶习惯，更把收容中国人的容积缩小了。 中国人随地吐痰吐口水的恶习惯差不多全世界的人都晓得了。

去年我在上野公园看樱花，见三四位同胞在一株樱花树下的石椅上坐着休息。 有一个像患伤风症，用根手指在鼻梁上一按，咕噜的一声，两根半青不黄的鼻涕登时由鼻孔里垂下来，在空气中像振子一样的摆来摆去，摆了一会"嗒"的一声掉在地上。 还有一位也像感染了伤风症，把鼻梁夹在拇指和食指之间，"呼"的一响，顺手一捋，他的两根手指满涂了鼻涕，他不用纸也不用手巾拭干净，只在樱花树上一抹，樱树的运气倒好，得了些意外的肥料。

我还在一家专收容中国人的馆子里看了一件怪现象。 我到那边是探访一位同学。 那时候同学正在食堂里吃饭，我便跑到食堂里去。 食堂中摆着几张大台，每张台上面正中放一个大饭桶，每个饭桶里面有两个饭挑子。 有几位吝啬的先生们盛了饭之后，见饭挑子上还满涂着许多饭，便把饭挑子往口里送。

还有许多不情愿洗澡不情愿换衣服的学生，脏得敌不住的时候，便用洗脸盆向厨房要了约一千升的开水拿回自己房里，闭着门，由头到胸，由胸到腹，由腹到脚，把一身的泥垢都擦下来。 他们的洗脸帕像饱和着脂肪质黏液，他们的洗脸盆边满贮了黑泥浆，随后他们便把这盆黑泥浆从楼上窗口一泼！ 坐在楼下窗前用功的日本学生吓了一跳，他的书上和脸上溅了几点黑水，气恼不过跑去叫馆主人上楼来干涉。

有了这许多怪现象，所以日本学生不情愿和留学生同馆子住。 很爱清洁的留学生也受了这班没有自治能力的败类的累，到处受人排斥，不分好歹。 有一位留学生搬进去，日本学生就全数搬出，所以馆子的主人总不敢招纳中国人。

C 在学校附近问了几间清洁的馆子，都说不收容支那人。 他伤心极了，他伤心的理由是馆主人不说他一个不好，只说支那人不好。 他的头脑很冷静，他不因馆主人不好便说日本人全体不好，他只说东京人对待留学生刻薄，因为他在 K 市住了三年，K 市的馆子和人家都招待他不坏。

C 决意不在学校附近找屋子了，他也不想住馆子了。他想在东京市外的普通民家找一个房子寄居，他近来在市外奔走了几天，寻觅招租的房子。

C 走了三四天，问了十几所房子，都没有成功。 有的是不情愿租给中国人，有的是房租钱太贵，有的说不能代办伙食，有的是 C 自己嫌房子太宽或太窄。 到了最后那一天他在东京北郊找到了一所房子。

馆主人是个六十多岁的老翁，他的家族共四个人，是他，他的两个女儿和一个小女孩儿。

"先生原籍是哪处地方呢？" C 的日本话虽然说得不坏，但馆主人的大女儿像知道他是外国人。

"我是留学生。"

"啊！ 先生是由中华民国来的吗？"

她翻转头来望着站在她后面的约三岁多的小女孩儿，很客气的说。"贵省是哪一省呢？"她再望着 C 说，她像很知道中国情形似的。

"我是 K 省人。 我来日本住了六七年了，日本的起居饮食我都惯了，这点要望贵主人了解。" C 是惊弓之鸟，不待她质问，自己先一气呵成的说出来，可怜他怕再听日本人说讨厌中国人的话了。

"说哪里话！ 哪一国人不是一样！ 这点倒可以不必客气。 可是……等我去问问我的老父亲，想没什么不可以的。"她站起来跑进去了。 那三岁多的小孩儿也带哭似的叫着"妈妈"跟了进去。

C 在门口等了一会，那女人抱着小女孩儿再出来了。"那么请先生进来看房子么？ 里面脏得很，先生莫见笑。""多谢，多谢。" C 一面除靴子，一面说。 他心里暗自欢喜，他到东京以来算是第一次听见这样诚恳的话。

二

馆主人姓林，我们以后就叫他林翁罢。 日本人的名字本来太赘，什么"猪之三郎""龟之四郎"，不容易记，还是省点精神好些。 C 常听见林翁叫他的大女儿做瑞儿，大概她的名是瑞儿了。 C 在他家里住了一星期，渐次和他们亲热起来。 晚饭之后，瑞儿常抱着她的女孩儿过来闲谈，C 才知道她的名叫瑞枝，她妹的名是珊枝，她的三岁的女孩儿名叫美兰。

"美兰像我们中国女人的名，谁取的名？"

"是吗？ 像贵国女人的名，是不是？"她笑着说。 她不告诉 C 谁替她的女儿取名。

林家的房子大小有四间，近门首一间是三铺席的房子，安置一架缝衣车和几件粗笨家具。 靠三铺席的房子是一间六铺席的，她们姊妹就住这房子里。她们姊妹的房子后面有一间四铺半的房子，和厨房相连，是林翁的卧室。租给 C 的房子也是六铺的，在后面靠着屋后的庭园，本来是他们的会客室，清贫的人家没有许多客来，所以空出来租给外人，月中收回几块钱房租。

瑞枝每日在家里替人缝衣裳，大概裁缝就是她的职业了。林翁的职业是纸细工，隔一天就出去领些纸料回来做纸盒儿，听说每日也有四五角钱的收入。除了星期日和祭日，C 差不多会不见珊枝。珊枝每日一早七点多钟就梳好了头，穿好了裙，装扮得像女学生似的，托着一个大包袱出去，要到晚上八九点钟才得回来，门铃响时，就听得见她的很娇小的声音说 "Tada-ima"（Tada-ima 是日本人出外回来对在家人的一种礼词）。随后听见她在房里换衣裙，随后听见她在厨房里弄饭吃——她的父亲、姊姊和侄女儿先吃了，她回来得迟，只一个人很寂寞的吃。珊枝不很睬中国人，对中国人像抱着一种反感，不很和 C 说话。C 以后才听见瑞枝说珊枝是到一家银行里当司书生，每日上午八点钟至下午四点钟在银行里办事，每月有二十多块的薪俸。四点钟以后就到一间夜学校上学，要九点多钟才得回到家里，C 心里暗想："原来如此，她是个勤勉有毅力的女子，所以看不起时常昼寝的我。"

瑞枝虽算不得美人，她态度从容，举止娴雅，也算一个端庄的女子。看她的年纪约摸有二十五六岁，C 几次想问她又觉得唐突，到此刻还不知她多少岁数。 家事全由她一个人主持，她的父亲、她的妹妹的收入都全数交给她，由她经理。 他们的生活虽然贫苦，但他们的家庭像很平和而且幸福。

瑞枝闲着没有衣裳裁缝的时候，抱着美兰坐在门前石砌上，呆呆的凝视天际的飞云。 C 只猜她是因为没有衣裳裁缝，减少收入，所以发呆。 美兰是个白皙可爱的女孩儿，她母亲说她已满二周年又三个月了。 她的可爱的美态，不因她身上的破旧衣服而损其价值。 她学说话了，不过音节还不十分清楚。 她还吃奶——她母亲说本来可以断奶，不过断了奶之后，自己反觉寂寞。 她给她的女儿吃奶算是一种对她的悲寂生活的安慰，——吃够之后坐在她母亲膝上发一种娇脆而不清白的音调，唱"美丽花，沙库拉！ ……"（日语"樱"之发音为"沙库拉"）的歌，唱懒了伏在她母亲胸上沉沉的睡下去。

听说美兰不会说话时，只会叫"妈妈"和"哜——"。她叫母亲做"妈妈"，肚子饿的时候也叫"妈妈"。"哜——"是她要大小便时候警告她母亲的感叹词。 她一叫"哜——"，她的母亲怕她的大小便弄脏了衣裙，忙跑过来替她解除裙子。 近来她能够区别大小便了。 她用"哜——"代表小便，要大便时另采用一个"咘——"字。

美兰不能一刻离开她的母亲，像瑞枝一样的不能离开她。 瑞枝要做夜工，美兰晚间睡醒之后摸不着她的妈妈时，便哭着叫"妈妈"，叫过几次不见她的母亲过来，便连呼"唷——"了。"唷——"仍不能够威吓她的妈妈，她的最后手段便是哭着呼"咘——"，叫得她母亲发笑。

C 在美兰家里住久了，有时也带美兰到外边玩。 瑞枝要美兰叫 C 做 C 叔父，美兰便叫"C 督布！ C 督布"。

瑞枝家里的经济程度像不能够把美兰养成一个天真烂漫、活泼欢乐的女孩子。 美兰先天的不是神经质的、忧郁寡欢的小孩子；她的境遇和运命把她造成一个很暗惨的女儿。C 后来听人说瑞枝年轻时是一个多血质而活泼的女儿；美兰的生身父也是一个不管将来死活，只图眼前快乐的享乐主义者；那么美兰的忧郁性质当然是她的运命和逆境造成的了。

三

美兰近来穿的是一件半新不旧的青色间紫花条的绒布衫，衫脚已经烂穿了几个孔儿。 听说这件衫还是去年中年节隔邻住的船长送给她的。 还有一二件棉衣听说是美兰的生身父的友人的送礼。 此外几件家常穿的衣服都是由瑞枝自己的旧衣改裁的。 瑞枝背着美兰出去，在布衣店前走过的时候，美兰忙伸出她的小指头指着华彩的衣服说："啊！ 好看的！啊！ 美丽的！ 美儿要穿！ 美儿要穿！"

美兰跟着她的妈妈称自己做美儿。 她拼命的抱着瑞枝的颈不肯放，要瑞枝停着足看那华彩的衣服。

"美丽的！ 美儿想要！"美兰哭着说。

"妈妈今天没带钱，美儿！ 明天再来买给你。"瑞枝脸红红的屈着腰硬把美兰驮去。 美兰知道她妈妈又骗她了，在瑞枝背上双肩不住的乱摆，不愿离开那间布衣店，她哭了！ 美兰回到家后还在哭，瑞枝抱着她也滴了许多眼泪。

"妈妈哪里来钱？ 美儿！"

瑞枝只能够买三角钱一对的木屐给美兰穿，小屐的趾绊太窄，擦烂足趾皮，美兰不愿穿。 她常拖着她妈妈穿的高木屐到外边去耍。 她看见邻近小儿们穿的皮鞋，羡慕极了，也哭着叫："C 督布！ 美儿要那喳喳穿！"邻近的小儿穿着橡皮鞋走路时喳喳的响，所以美兰叫橡皮鞋喳喳。 C 买了一对给她，带她到近郊的草场里玩。 美兰高兴极了，穿着"喳喳"在草场上蹒蹒跚跚的乱跑。 这是 C 最初的一次看美兰欢呼。

邻近的小孩子们都有父亲。 每遇星期日他们的父亲都携着他到浴堂去洗澡，洗澡之后又买饼果给他们吃。 美兰站在门首歪着头，望着几个小孩子在她面前半跳半跑的口里咬着糖饼走过去，美兰只把一个小指头伸进口里去把涎水抉出来。 她望着他们跟着他们的父亲高声的欢呼爸爸，禁不住一对眼睛发焰。 晚间 C 由学校回来了，美兰牵着 C 的衣角呼爸爸，要 C 带她出去买糖饼，急得瑞枝跑过来骂美兰：

"C 叔父哟！ 不是你的爸爸哟！"

"无父的小女儿！ 不是的，不认得生身父的小女儿！"

赋有伤感性的 C 几次要替美兰流泪了。

瑞枝日间很忙，不能陪着美兰玩。美兰寂寞得很，便一个人拖着她母亲穿的高木屐偷出去外边耍。她看见外边有小孩子聚着游戏，便笑着走前去，想加进他们的团体。美兰是不容易笑的，她这时候的笑是巴结他们，望他们允许她的加入。

附近的小孩子们都鄙薄她、侮辱她，骂她"没爹仔"，骂她"私生儿"，骂她"杂种"；骂了之后还要打她。她常带着满脸的伤痕，哭着回来。总之，小孩子们欢喜的时候把她来取笑开心；小孩子们争斗的时候，都把她来出气，她是他们的出气袋。有时候瑞枝买些饼果给她，她便拿去分送给附近的小孩子们，像弱国到强国去进贡。

"相依为命"要算她们母女了！瑞枝常对 C 说，假使没有美兰，她的生存便无意味了。美兰有时候从外边回来，遇瑞枝不在家时，哀哭着寻觅。穿入厨房，跑入茅厕，还不见她妈妈时，便哭得天昏地暗。有时候哭进 C 的房里来，"C 督布！抱抱！看妈妈去！"所以美兰不听她妈妈的说话时，瑞枝便穿着屐去，对美兰说："沙哟拉拿！"（日本人别时用语）

有一天下午五点多钟时候，C 从学校回来了。美兰拍着手在门前唱歌：

桃太郎，

桃太郎!

爸爸买面包,

妈妈做衣裳!

C 心里想美兰的妈妈果然不错,会做衣裳;但"爸爸买面包"却是个疑问。

"C 督布! C 督布! 包包给我! 包包给我!"美兰望见 C 不唱歌了,跑过来接 C 手中的书包。

C 牵着美兰的手待要进屋,忽然听见后面有叮当叮当的音响,忙翻转头来看,原来是一位巡警。叮当叮当响的是他佩的剑。巡警后面还有一位穿西装的, C 一眼就认得他是警察署里的外务课刑事。他们看见 C 都行举手礼, C 也点点头回了礼。警察在门首叫了一声,瑞枝忙跑出来。

"对不起! 那件事怎么样? 还打算去么?"刑事望着瑞枝,把帽脱下来点一点头。

"……"瑞枝脸红红的望一望 C 踌躇着。 C 很自重的走过一边,把靴子除掉,弯一弯腰,跑进去了。美兰紧紧的靠着母亲的膝,目灼灼的望了刑事又望巡警。巡警用手托托美兰的下颚。

"可爱的小姐! 这就是督学官的小姐么? 这就是先生的小姐么? 小姐快要和爸爸会面了。"

"美儿没爸爸!"美兰翻着一对白眼答巡警。

"谁说的?"刑事笑着用手摸着美兰的头发——金灰色的

头发。

"妈妈说的!"美兰便高声的说。 刑事和巡警都大笑起来,只有瑞枝满脸通红,低着头。

"先生有信来么?"

"没有。""那么你动身的日期还没有定,是不是?""去不去还没有定。"瑞枝低声的说。 刑事像知道瑞枝的苦衷,很替她同情,不再缠问,说了一句"多扰了",带着那位有机体的机器跑了。

四

星期六晚上,瑞枝叫 C 过去和他们一同吃饭。 一张方二尺的吃饭台,脚只有五六寸高,放在她们姊妹住的六铺席的房子中间。 C 占据了一面,对面坐的是林翁。 瑞枝珊枝分坐林翁的左右。 美兰坐在她妈妈膝上。 饭桶放在珊枝旁边,各人吃的饭向她要。 各人面前都摆着一碟中国式的炒鸡蛋,半截日本式的火熏鱼和一红木碗油豆腐汤。 美兰像不常遇着这样的盛餐,看见炒鸡蛋吵一回,指着火熏鱼又嚷一会。

珊枝恭恭敬敬的用托盘托着一碗饭送过来给 C。 碗里的是红豆饭。 日本人遇有喜事用赤小豆煮白饭,表示庆祝的意思。

"今天有什么喜事? 我还没有替贵家庆祝!" C 猜是他

们里头哪一个的生日。

"嘻，嘿嘿！ 我们这样的家庭有什么庆祝……"林翁把铁的近视眼镜取下来，拿张白纸在揉眼睛。 他那对老眼不管悲喜忧乐都会流泪。

"不是美兰生日么？"C 望着瑞枝问，也希望她的回答。

"美兰的生日不知要到哪一年才有庆祝呢！"瑞枝像对 C 说，又像对自己说。"美儿的生日是很宝贵的，不给人知道的。 是不是，美儿？"她低着头在美兰颊上接了一个吻。

"去年美兰的生日，美兰要爸爸买匹鲷鱼（日本人有喜庆事时用的食品）给美兰吃，都不可得。 这样冷酷无情的人也可做教育家！"珊枝气忿忿的没留心有客在座，不客气的说出来了。 C 不得要领的不敢多说一句了，瑞枝瞅了珊枝一眼。

"是哟！ 最多伪善的是教育界和宗教界。"

"是的，我的兄弟，我有一位兄弟就住在那边——F 病院的旁边。 今天他的第二个儿子迎亲。 他知道我们不高兴过去凑趣，所以送了些红豆饭过来。"林翁把头低下来，注视着碗中的红豆饭，两手按在膝盖上，用很严谨的态度，把红豆饭的来历述给 C 知道。"她是不肯去的，"林翁指着瑞枝说。"并且有了这个饿鬼跟着，也怕人笑话，更不应该去。 珊儿说她姐姐不去她也不去。 像我这么老的人还有兴趣跟着他们年轻的闹洞房么？ 嘿嘿，哈哈！"林翁的笑是一种应酬笑，他想把她们姊妹间批评教育家的话头打断。（饿鬼是日本乡下人称自己儿女的谦词，像中国的"小儿""小女"。）瑞枝没有正式的结婚，林家和他们的亲戚都当美兰的存在是一件羞耻的事。因为美兰没有父亲来承认她。

有一天美兰拿着一张相片跑到 C 房里来，交给 C 笑着说：

"C 督布！看美儿的可爱的脸儿！看美儿的宝贝的脸儿！"相片里面一个年轻的男子约摸有三十多岁，穿着日本的和服，抱着一个婴儿。男子像向着人狞笑，婴儿的相貌一看就晓得她是美兰。

"美儿，这是谁？" C 指着那抱美兰的男子问美兰。

"爸爸！死掉了的爸爸！不爱美儿的爸爸！"美兰睁圆她的一对小眼儿，用小指头指着相片中的男子大声对 C 说。我后来听见林翁说——美兰离开了她母亲之后，林翁对我说，瑞枝怕美兰长大之后会根究没有父亲的原委，所以趁美兰小的时候就对她说她的父亲如何坏，如何不爱美兰，并骗美兰说她的爸爸死了，不使美兰知道这无情的世界中有美兰不认识的父亲存在！瑞枝是想把"父亲"两个字从美兰脑中根本的铲除得干干净净！ C 时常看见珊枝指着相片教美兰说："这是美儿的坏爸爸！"也常听见瑞枝对美兰说："美儿没有爸爸了哟！美儿的爸爸早死了哟！"

C 和珊枝都带个饭盒子出去，日间不回来吃饭。瑞枝打发他们去后差不多是八九点钟了，才带着美兰陪她的父亲吃早饭。他们在家的一天只吃两顿。瑞枝对人说是胃弱多吃不消化，所以行二食主义。 我想瑞枝一个人虽然胃弱，林翁和美兰为什么也吃两顿呢？ 我虽然怀疑，但我又不敢坦直的质问。 果然不错，美兰每天到下午两三点钟便叫肚子饿，这时候瑞枝只买五分钱的烧甜薯，三个人分着吃。 星期日和放假日 C 常在家里，瑞枝要特别整备午餐给他吃， C 很觉过意不去。

瑞枝背着美兰时，最怕是在玩具店和饼果店前走过。 瑞枝有钱时也拣价钱便宜的买点儿给美兰。 没有钱时，美兰在瑞枝背上，紧紧的从后头看着她母亲的脸，要求她母亲买给她。 瑞枝看见美兰哭了，便说："美儿想睡了。 美儿，睡吗？ 美儿睡吗？"她从背上把美兰抱过胸前来唱着哄小孩子睡的歌儿，把街路上人的注意敷衍过去。 其实美兰何曾想睡？ 美兰想睡时，先有一个暗示，她张开那个像金鱼儿的口打几个呵欠。

美兰近来常偷出去，跑进邻近人家的厨房里讨东西吃。装出一个怪可怜的样子，看见男人便叫"爸爸"，女人便叫"妈妈"，她当"爸爸"和"妈妈"是乞怜的用语了。

C 也曾抱着美兰到玩具店里去，买了一匹狗，一匹马，一辆电车，一个用手指头一按便会哭的树胶小人儿给美兰。只有一个大木马要三块多钱， C 没有能力买给她。 美儿用小指头指着要，她不敢哭着要求，因为她知道 C 不是她的妈妈，不是她的……

美兰睡着的时候梦见那个木马，闭着眼睛说："马儿！

马儿！ 美儿想骑！"醒来的时候也思念那个木马，要 C 或她的妈妈带她去看那匹木马。 有时候笑着向瑞枝，"妈妈给钱给美儿哟！ 美儿要买木马去，妈妈！"

美兰想买那匹木马有两个多月了，还没有买成功。 她晓得绝望了，不再要求妈妈买给她了，也不要求 C 带她去看了，她只一个人常跑到那家玩具店去看她心爱的木马。 她蹲在木马旁边用小指头指着木马和木马谈笑，木马不理她，她便一个人哈哈的大笑。 残酷无情的玩具店主妇——孤独的老妇人，满面秋霜的老妇人，生意不好的时候便跑过来骂美兰，并赶美兰离开她的店门首。 急得美兰歪着头笑向老妇人讨饶，连说："妈妈！ 妈妈！"

五

过了好些日子，听说美兰的生日到了。 C 买了一顶绒帽送给她做纪念。 C 听见珊枝在隔壁房里发牢骚。 她说美儿的爸爸像野鸭，这边生一个蛋，那边生一个蛋，自己却不负责任。 她又说美儿的爸爸有钱只买涂头发的香油，搽面孔的香水，去年美儿生后满一周年，没有一件东西买给美儿做纪念。 她又说不单没有买半点纪念品，连一匹鲷鱼都不买给美儿吃。 今年瑞枝买了三匹鲷鱼替美儿庆祝二周年的诞辰。

美兰的生日后两天，下午四点多钟，C 还是和寻常一样回到林家门首来了。 从前见的那个外务课刑事又在门首站着像和门内的那一位说话。 C 不见美兰的影儿，也听不见她的娇小的歌声。 美兰每天总在门首玩的，怎的今天不见出来，莫非病了么？ C 行至门首略向刑事招呼了一下，刑事也就向坐在门内垂泪的林翁告辞。 刑事临去时，高声的像对在屋里没出来的瑞枝说：

"不要哭！ 哭不中用的！ 各警署都有电报去了，叫他们留心。 一时迷了路，决不会失掉的。 我回去再替你出张搜索呈请书罢。"

林翁说美兰一早起来，睡衣还穿在身，拖着她妈妈的屐跑出去，到此刻还不见回来。 早饭不回来吃，中饭也不回来吃，他们才着忙起来。 因为平日美兰出去最久亦不过一二个钟头就会回来向她母亲要奶吃的。 今天不知为什么缘故，迷了道路么？ 给人拐带了去么？ 天快黑了，还不见美兰的影儿！ 就近的警署和站岗所都去了电报或电话去问，现在既过了半天了，还不见有报告到来，大概是给恶人拐了去了。 林翁说了之后痛哭起来。 她是个不知生身父为谁的女孩儿，现在又和她的母亲生离了，C 想到这点，也不知不觉的滴了几点热泪。 她不是渴望着那匹木马跑出去，就不回来了么？ C 想到没有买木马给美兰，心痛得很，他总以为美兰的迷失是他害了她。

电火还没有来，瑞枝姊妹住的六铺席房内呈一种灰暗色，房里的东西什么也看不清，只认得见界线不清的淡黑色的轮廓。 C 在她们房门首走过时，房门的纸屏没有关，在房中间伏着哭的瑞枝的黑影倒认得清楚，她那没有气力的悲咽之音也隐约听得见。 C 很伤感，想过来劝慰下瑞枝，又无从劝。 他回来的时候肚子饿了，现在给这件意外的事一吓，肚倒不觉饿了。

电火上了，差一刻就快到七点半钟了，还不见警察的消息到来。 林翁的家里像满积着冰块，有一种冷气袭人。 瑞枝听见邻家小孩子的哭声，重新恸哭。

八点多钟珊枝回来了。 平日这时候林翁家里最为热闹，今晚上却异常沉寂。 C 心里想，像这样的状态若继续下去，不单说林翁父女住不下去，就连 C 也觉得悲哀！

九点半钟了，来了一位巡警，说 T 署留着一个迷失道路的女孩儿，约三四岁，要林翁家人去认是不是美兰。 瑞枝在房里听见，忙跳出来，跑向 T 署那边去。 过了半点多钟，瑞枝意气消沉的一个人回来，哪里见美兰的影子！

过了十二点钟了，还不见警署有消息来，瑞枝知道绝望了。 她再没眼泪流，只觉得脑壳像破碎了，昏昏的睡在房里的一角。

昨晚上爱儿睡在自己怀里，今晚上只一个人！ 瑞枝像看见美兰站在她枕畔对她说：

"妈妈！ 你为什么不把我抱着！ 你为什么不紧紧的把我抱着！ 妈妈！ 我每晚上睡醒时的哀哭是要你紧紧的把我抱着！ 妈妈！ 为什么骂我？ 为什么你禁止我哭？ 妈妈！ 我以后不再在你面前哭了！ 妈妈！ 快抱着我！ 紧紧的抱着

我！妈妈！”

瑞枝伸出两手紧紧的把美兰抱着，忙睁开眼看时，哪里见美兰的影儿？抱在胸怀里的是一件秋罗薄被——美兰专用的秋罗薄被！旁边的一个小花枕儿也像等她的小主人不回来，等困倦了，歪倒在一边。

“美儿！你今晚上睡在什么地方？你在哭着叫妈妈么？你睡着么？你醒了么？你睁开眼睛在寻觅妈妈么？你在哭着呼‘唉——’和‘咘——’么？”瑞枝脑中循环不息的都是这几条疑问——不再见美兰，不能得正确解答的疑问。

望见衣架上挂着几套美兰的小衣裳，瑞枝便想到美兰身上穿的是一件破烂的睡衣。“你要去，也得穿件整齐的衣服出去，美儿！你穿着那样旧烂的睡衣出去，人家更要欺侮你！美儿！美儿！没良心的爸爸虐待了你！命鄙的妈妈累了你！”

瑞枝房里几个玩具小马儿，小犬儿，橡胶小人儿，不见美兰来和她们玩，也在席上东倒西歪的向着瑞枝说：

“小姐病了么？怎的不见来和我们玩呢？我们等得要哭了！我们等得心焦了！小姐！小姐！你快来安慰我们呀！”

瑞枝看美兰站在一个渺无涯际，萧条的旷野像离群的羔羊，一个人哀哀的哭，不见有一个同情的人来看她。瑞枝又看见一个像夜叉的恶狠狠的人拖着美兰的手，强逼着美兰跟他去，美兰在后面狂哭着拼命的抵抗。瑞枝又看见那恶狠狠

的人用手按着美兰的口，禁止她哭。 瑞枝又看见那恶狠狠的
人把美兰钉进一个木箱里面去。 瑞枝又看见那恶狠狠的人和
一个狡猾的老妇人在那边争论身价；美兰很瘦弱的，脸色也
不像从前红润，站在那恶人身边用她的枯瘦的小手揩眼泪。
瑞枝又看见美兰一刻间就长了七八岁了，满脸黑灰的在一间
很黑暗的厨房里炊火。 瑞枝又看见许多儿童一齐跑过来打美
兰，把美兰搔得满脸的伤痕，捶得周身的黑肿。

邻近有许多小女儿，有比美兰大的，有比美兰小的，穿
的衣服也有像美兰的，这种种比较都能叫瑞枝恸哭！ 瑞枝现
在只望美兰的死耗，不愿美兰离开她活着！

一天，两天，一星期，两星期，三星期，一个月，两个
月，三个月，半年，一年，还不见美兰回来，也不听见美兰
的死耗！ 瑞枝哭着说，只要人能够去的地方，不论地下天
上，她如果知道美兰的死所，她一定把尸骨抱回来！

瑞枝的心房经两次的痛击早破碎了，C 听见瑞枝哭美兰
时，便后悔不该没有把那个大木马买给美兰！

一九二二年五月十五日于东京巢鸭
（初发表于 1922 年《创造》季刊 1 卷 2 号）

一

　　他除了头上的一条毛巾，和腰间的一条短裤之外，要算是一丝不挂。 不单是他，在沙汀上坐的，眠的，站的，走的一群学生个个都像他一样的装扮。 所差异的，不过毛巾和短裤的颜色。

　　他侧身倒在沙汀上，因为太阳正在沿直线上，不准他睁开眼睛仰望天空。 汀上的沙热得要烁人。 但他才从海水里爬出来，倒不觉得沙热得厉害。 从沙里面发出一种阳炎（Gassamer），像流动的玻璃，又像会振动的白云母，闪得他头昏目眩。 他只得再坐起来。

　　他左侧右面的一群学生，都三三两两聚起来谈笑。 只有他一个不开口，好像正在思索学校的微积分难问题似的，他只望着岸前几块被水蚀作用侵毁了的礁岩，和对面的天涯海角。 天空没有一片云；若不是远远望见一条黛色山脉线，和天空海角之间几点满孕南风向北行的白帆，他真分不出水天界线来。

　　他一个人痴坐在沙汀上，并不是为别的事，不过他此时望见湾内碇泊着一只小汽轮——那烟囱还微微吐出黑烟来的小汽轮——他便联想到他的家里。 思念到家里，良心即刻跑出来责备他，骂他不应当为一个女子——并且不是真心爱他的女子——不回家；不应当父亲死了两年，还没有回家去看一看。

他梦见他父亲坟前的草有丈多高，没有人剪除，站在坟前，望不见那块用很粗糙的石英粗面岩做的，上面凿有"故×××公之墓"七个隶体字的墓碑。 他梦见他族人骂他不懂古礼孝道，父亲死了两年多，还不做道场超度，忍心看父亲的幽魂在阴司受罪。

良心责备得他很厉害，逼得他二年来没有一晚不发恶梦，没有一晚得安睡。 但没有神的良心总靠不住！ 他精神涣散，神经中心点疲倦，良心没有表现的时候，他还是思念那女子时候多，思念他的死父时候少。

他受了良心的苛责，近来又新尝失恋的痛苦，所以他亡魂失魄似的跑到这海滨来。 他到这有名的海水浴场，已经一个多礼拜了，他的精神还没找到集中的地点，他的灵魂也还没有落着。

他犯罪！ 他的确犯了罪！ 他不明白悔罪的方法，所以他只管把责任推给社会，他只说他犯的罪是社会叫他做的。他不知他是一个罪人。 他只知他身体疲劳，灵魂软弱，境遇险恶。 他只说他是一个可怜人。

他实在也可怜！ 他是苦海中激浪狂潮里的一根浮萍，东漂西泊。 他觉得这茫茫苦海虽然宽广，只少了一块能使他安身立命的地点。 因为他是淡水植物，漂流到这苦海里，冷浸浸的氯卤盐水，不能养活他。 他的形骸没有寄托的地方还不要紧，只有他胸坎里的心——凄凉寂寞到十二分的心，好像找不出安慰他（心）抚爱他（心）的人，始终不能安静似的。

二

他没听过他母亲唱哄小孩子睡觉的歌儿。 他梦中哭的时候，也没听过"孩儿呀！ 你不要哭了！ 你不要惊怕！ 妈妈坐在你旁边看护你，你安心睡罢！"这些话。 但他也不希罕这些话。 因为他没有受过慈母的抚爱，不明白这些话的真价。 可怜他才生下来，他的母亲就离开了他！

前年他在日本南边海岛上一家客栈里，接了他爹的痛报，哭倦了，睡在一间小房子里，半夜醒来，思念到他以后再没资格写"父亲大人膝下敬禀者……"几个字的信札公式，他没眼泪再流，他只觉得像饮了许多硫酸硝酸等镪水，五脏六腑都焦烂了。 他爹一死，他的心像在大海上惊涛骇浪里失了指南针的轮船，漂来漂去，不知进退。

他未尝没有朋友，他也有几位泛泛然不关痛痒的朋友——要向他借书籍，借金钱，或有什么事要向他商量的时候，才去探望他的朋友。 ——索性说明白些，他们或许把他当做朋友，他却不把他们当做朋友。 他不是不知道他们不是他的真朋友，不是真心探望他，但他还是很欢迎他们。 因为他寂寞到极点了！

他寂寞到万分的时候，听见她的几句安慰话，真像行大沙漠中，发见了清泉。 他时时对他亡父的遗像，和生前寄给他的书信咽泪，只有她一个人知道，也只有她一个人能够安慰他，揩干他的眼泪。 她实在是由苦境里救出他来的安琪儿。 他也像爱安琪儿一样的爱她，他自信终身决不会忘记她，怎料她日后竟离开了他，辜负了他……

不论行到沙汀上，或回来客栈里，他昼也偏着头想她的事，夜也偏着头想她的事。 没奈何的时候，还是取出她从前写给他的信——可怜他没有把这些烧毁，还当做一种情书，珍藏着来咀嚼。 并且倒在席上，追索他和她没分手以前她对他的好处。 他读到她信里的"我愿做你的金表儿，你得时时刻刻瞅着她（金表儿）。 我愿做你的金指环，你得天天戴在指头上"，他也曾跳起来恨恨的骂道："果然是没有思想的女孩儿！ 什么东西不可拿来比喻！ 总离不了灿灿的黄金！"但他再读到"太平洋也有干涸的时候，地球也有破碎的日子，只有我对你的爱情，是天长地久的"，他又不禁泪眼婆婆的自言自语道："她对我的爱情实在不坏！ 她是一个天真烂漫的女孩儿！ 她不懂好坏，所以给人骗了！"他那早要滚下来的泪珠儿，此时也再止不住了！

他真痴到极点了！ 他再翻开旧时的日记，把他和她的恋爱史，从头再温习一番。

前年的今天他住在她家里差不多要半年了。 他记得初到她家里的气候，是寒风凛冽，雨雪霏霏。 早晨替他送火到房里来的是她，替他开纸屏和窗扉的也是她。 替他收拾铺盖的是她，送茶送饭给他吃的也是她。 替他打扫房间的是她，替他整理书籍的也是她。 她的妈只管理厨房的事。 她的妹妹只喜欢淘气，不会帮忙。

他们两个既然接触得这样亲密，他们中间的恋爱自由花，没半年工夫，也就由萌芽时代到成熟时代了。 他们相爱的热度，达到了沸腾点，不过还没有行为的表现。 但他们彼此都很望有表现行为的机会。 彼此都满贮了电气量，一有机会，就要放电。 他们中间寻常空气早都没有了，只有电子飞来飞去！

三

有一天晚饭后，他从市里买书回来，还没有到家里，突然下了一阵骤雨。 他没带伞，只好呆呆的站在一家店檐下避雨。 在他面前来来往往过了无数的人，有带雨伞的，有穿雨衣的，有乘人力车的，有乘马车的，有乘汽车的。 汽车前头两道很亮的白电光，使他看见空中的雨丝更下得大了。

"韦先生！ 没带伞？ 我的伞是小点儿，总比没有好。我们同走罢！" 她一手撑一把伞，一手抱一个包袱，好像也是从市里买什么东西回来似的，笑吟吟的跑到他面前。 他也望她笑了一笑，"多谢了！ 你是救苦救难的观世音菩萨！"

"是吗！ 你从来都没好话说的，讨厌的……那么我一个人回去。 你淋湿一身，与我什么相干！"

"芳妹儿！ 饶我这一回。"他从她手里夺过那柄雨伞，一手搭在她肩膀上，有意叫她凑近些同走。

"谁是你的妹儿！ 羞也不羞！ 快放下你的手！ 这样勾搭着，谁走得动？"

"伞不够大，我们应当凑近些。"

"前面来的人注意我们呢！"她凑近他的耳朵，低声的说。

她一呼一吸吹到他的鼻孔里，好像弱醇性的酵母。 他感受了她微微的呼吸，觉得全身发了酵似的，胀热起来。

他们转了几个弯，过了几条街道，到了一条比较僻静的路上。 雨丝也渐渐疏了。 他再也忍耐不住，他不能前进了。

"做什么？ 发什么呆？"她推了他一下，叫他向前走。他此刻学她的样子凑近她的耳朵笑着说了几句话。 她不禁失声笑了，摇头抿嘴的说道：

"不行不行！ 妈在家里望我呢！"

"不要紧！ 要不到半点钟。 芳妹！ 你依了我罢！ ……"

"我就跟你去，可是要快些。"她像有什么信他不过的，踌躇了一会，才表示决意的态度。

"是的，是的，但有一句要求你的话，到里面去切不要韦先生韦先生的叫，还是叫我哥哥好听些。"

"我就依了你罢！"她不禁伏在他的肩上笑了一笑。

…………

从此后他喜欢听她唱"来！ 我爱！ 来！ 我爱！ 你不要管我的膀儿酸！ 我只望你安心睡"。 她唱得很凄切。 他常常听了就下泪。

他和她如胶似漆的，做了两个月有实无名的一对小夫妻！

四

凉秋九月，他和同级学生要跟学校教授到矿山里实习两个月。 他此时真尝到了别离滋味。 他在矿山工场寄宿所，每天晚上不写封信也要寄张明片给她。 她天天也有信来——可怜只继续得一个星期——说些孩子话，叫他开心。

她信里说，他为什么把她的灵魂带了去，若不然，她为什么晚晚梦见她和他在矿山里相会。 她信里又说，她情愿缠一块白头巾儿，到矿山工场里当选矿的女工去，得天天和他相见。 她信里又说，他走了才两三天，她为他哭了好几次了。 她信里又说，留级一年不要紧，他今年不实习也罢了，早些回来看她，安慰她才正经。 她信里又说，她近来很想唱"来！ 我爱"的歌引他哭。 他哭了之后，她好替他揩眼泪。 最后她还说她很望她能够快做他的儿子的母亲。 并且问他同意不同意。

他每得她来的信，至少要重读十几遍。 读了之后，不是哭就是笑。 哭够了，笑够了，才得安睡。

可惜她对他的亲和力——在书信里表现的亲和力——像得了负的加速度，渐渐的弱下来了。

她离开了他一星期后寄给他的信：

韦先生！ 我不知道叫你什么，才能表示我的爱！ 所以我信里还是用平时对你的称呼。 你答应我叫你亲爱的韦郎么？ 我也几回想写这可宝贵的称呼。 但我到底还没有这个勇气。 我也不明白什么缘故，其实写也不要紧，是不是？

韦先生！ 你不觉得？ 你在那边昨晚上没梦见么？ 昨晚我梦见睡在你胸怀里，你向我说了许多甜蜜蜜的话。 我恨了，在你臂膀上捏了一下，你在那边不觉得臂痛么？

我在梦中不知不觉的把那晚上——下雨的那晚上，我们的生涯中最要紧的那晚上——骂你的话："讨厌的韦先生！ 不行不行！ 怎的？ 没有那样随便！"说出来了。 妈妈睡在我旁边，听见了，叫醒了我，骂我不要脸，不识羞。 韦先生！ 你当真不回来么？ 那么我真不知到什么时候才得安睡……

她第二星期的信：

　　……我想告诉你，我又不能告诉你。不是我不愿告诉你，我实在不好意思告诉你。韦先生！我真不好意思。我写到这里，我还一面发热呢！我和你还有什么客气？对你说也不要紧——不单不要紧，实在应当告诉你的。这不好意思的事，你也得分担一半责任。——对你说了罢！可是我还觉得很羞人似的。怎么说法呢？怎么开口说呢？韦先生！我想到这件不好意思的事——别人或者要说丑事。不要说别人，恐怕妈妈也是这般想——不知是伤心，还是欢喜过度，我的眼泪就像自来水泉，流个不住。有时还要痛哭！——我此刻正在流泪。韦先生！你可知道？——一直哭到半夜。哭倦了才睡下去。前时我也对你说过，我很盼望我们俩的恋爱花能够早日结果。

　　但我现在又觉得她（恋爱花）不结果也罢了！因为妈妈天天骂我不该吃怪酸的干梅子……

　　她这封信明明疑他没有能力负责任，并且微微的露出她有点后悔。

五

　　她写了前一封信之后，七八天没有信寄给他。　他在矿山里每天做工回来，就问寄宿所的婢女，K 市可有信来？ 一连几天都回说没有。 他急了。 他有点担心。 因为他一半是真的思念她心切，一半是他对名誉的卑怯心发出来的。 他怕她信里说的不好意思的事闹出来，他在留学生社会中的信用，马上要陷于破产的悲运。 到第十天才接到她一封信：

你真恼了么？你不能恕我么？我许久没有信寄给你，也有个理由。我说给你听，你听了之后，一定恕我的。因为我是你最爱的人里面的一个。错了，不是这样说。要说我是你独一无二的爱人！

姨妈来了。她老远的由东京跑来看我妈和我和妹妹。她是我从前对你说过，在东京开一家很大的旅馆的姨妈。她没有儿女，我小的时候，她要妈妈把我给她做养女，妈妈不答应，她就好几年没有往了。这次还是妈妈叫她来的，她说下星期带我到东京看热闹去，半个月就送我回来。我起初不情愿，因为我舍不得你。但我没到过东京，我又很想去看看。我想你还要一个多月才得回来，所以我后来又答应了她。我去只要半个月，你不要心焦，恐怕我还比你先回来 K 市呢！

我因为姨妈来了，天天不得空，要陪她到各处去耍。我昨天陪她到你学校里看植物园的花，和运动场。我还把你的实验教室指给她看。但我看她不像我一样的喜欢望见你的实验室。

　　这是我好几天没有信寄给你的理由。你不能恕我么？那么我要发恼的。我说错了，我拼命爱的韦先生！你若不原谅我，我是要哭的……

她这封信里表示的亲密话，比从前几封不自然得多了，也不及从前的天真烂漫了。

再过几天他又接到她一封信：

　　我今天搭急行车和姨妈上东京去。我今天带的压发花儿，是你买给我的。我穿的金碧色夹绸衣和紫红裙，也是你做给我的。我穿的靴儿，也是我去年生日你买给我做礼物的。我一身穿带你的东西上东京去，是因为纪念你的。

　　你的小相片，我贴身放在胸前，不给妈和姨妈晓得。你和我共照的大张相片我用我的衬衣包着，叠在小衣箱里，也不给妈和姨妈看见。韦先生！——我临去我要叫你一声亲爱的韦郎！你要知道一天不对你的影子，我心上过不去！

　　这封信我昨晚半夜起来写好的，打算今早偷偷的投在停车场前邮筒里。我写到这里，钟敲了三下。天快亮了，我便停了笔。我只在信笺上接了几个吻寄给你！

她对他不是绝无留恋，不过好像受了一种压逼。她的错处，就是借受一种家族压逼做口实，离开了他，成了她和他的罪恶！

他陆陆续续还接到几张她在长途火车里写的，安慰他的明信片。但他的悲痛，却和她的安慰话成反比例。

六

他实习将要完的时候，接到她由东京来的一封信：

> 韦郎！你差不多要回 K 市了罢。姨妈不愿意我再回 K 市。我想到我以后不能再替你收拾房子,整理书籍,我就下泪。
>
> 韦郎！我望你不要多思念我。你的责任很重,你将来回国去做的事业,也很大。不要为我一个女子,——不值什么的外国女子,——牺牲了你的前程。我总望你还是照旧的用功。——像我还在你身旁的时候一样的用功,——这是我对你的一个最后要求。也是你对我的一个最后安慰！
>
> 我以后虽不能伺候你,但我的心的振动数和你的相同。你切莫悲伤。你若悲伤,我的心也跟着你的心振动波,响应起来,共同振动,一直振到破碎！你若欢喜,我的心也和你共鸣！
>
> 我好久不读你的信了。我想是妈不把你的信寄来给

我。我望你也不必寄信到这里来。我在这里再没有自由读你的信了！我们只好等再会的日子！梦想罢！没有再会的希望了罢！没有再会的希望了罢！

韦郎！我寂寞得怕起来了！姨妈介绍一位住在她旅馆里的大学生和我来往。他常常请我同乘汽车到帝国剧场去。我前天看的演剧，是托尔斯泰的《复活》。我才想起我身上有一桩事，很放心不下！

我下个月也不能再住东京了。韦郎！你应当知道我要到乡下一个女医家里替你受罪！这是妈叫姨妈托她（女医）的。我总望有机会，把你那块托给我的结晶体交回你，不过我恐怕到那时我完全没得勇气，由不得我自己做主！

韦郎！韦郎！我们在这人间，虽没有再会的机会，将来无论上天下地，我和你一定有相会的日子！

他回到她家里，住了一个星期，就搬了出来，并不是她的妈待他不像从前，他实在再住不下了。因为她每天替她开闭的纸屏，拂拭的台椅，收拾的书籍，和她编给他的书夹子，并绣的一个承肘小蒲团，没有一件不是催泪符。他还有一支她平日喜欢吹的西洋玲珑笛。他常常取出来看。那支玲珑笛好像对他说："她怎的许久不来看我了！不来和我亲吻了！把我搁在这样冷静的地方！她应当早些回来，拭去我一身的尘垢！"

他描想到这点，他眼里一颗一颗的泪珠，滴在这支曾经她无数接吻的玲珑笛上！

以上是她和他的过去恋爱史。 他在海岸一天至少要温习几回。 他并不是没有清醒的时候，他有时也会说："我那破碎的心再没有恢复的希望么？ 我醉眠状态中的灵魂什么时候才得醒呢？ 她真的把我的运命践踏了，我的前途毁坏了么？ 为什么她的影儿，总不离开我的神经中心点呢？"

他还是昏迷的日子多。 他实在禁不得思念她。 不单思念她，还思念她信里说的他们中间的结晶体。 这是他良心上的不安，他犯了罪！

七

快晴了十几天。 太阳没有一天不把华氏寒暑表蒸热到九十余度。 今天她（太阳）懒了，不见出来。 但天气还是一样的酷热，还要蒸郁。 傍晚的时候，海风比平日吹得厉害，天空渐黑渐罩下来。

他在房里，把窗门打开。 烧了一炷线香，把嗡嗡的一群蚊蚋赶了出去。 但飞蛾和水蜉却不怕香烟，一阵一阵奔进来，绕着电灯，飞来飞去。 他闷闷的坐在案前电光下，取了一张才由东京寄来的新闻想要读，又搁下了。

"韦先生！ 有信，是挂号信。"馆主人的小女儿，跑上楼来，跪在房门口，打开纸屏，把信送进来。

封面的字虽然歪斜潦草，但他还认得是她的笔迹。 那时候，他像感受了电气，全身麻木；又像从头上浇了一盆冷水，全身打抖。 他想马上拆开来读，好知道她近来的消息，恐怕再迟一刻，那封信要飞了去似的。 可怜他双手没有半点气力，去开拆信封，双目也闪眩得厉害，再认不清白封面的字。 他只觉得封面上"K市工科大学校采矿科韦……"几个字在他眼前，动摇不定。

她这封信，是由学校转寄给他的。 她信里告诉他，她在东京市外一个小村落里过了半年农村生活了。 看护她的女医，是一位基督教徒，为人很慈和，很恳切，常常安慰她。 每星期带她到村中一个小礼拜堂里去听说教。 她又告诉他，她听了说教，读了圣经，才晓得自己是一个犯了罪的女子。 她爱他，不算罪；她读到圣徒保罗寄罗马教会书，第七章第三节，她才知罪。 她又告诉他，她近来认识了一个人——能够代人类担负一切罪恶的人。 只要我们相信他——她负担不起的罪恶，她都交托那个人担负了。 她又告诉他，她望他——不单望他，并且劝他——也跟那个人走的那条路走，好打算将来在清虚上界的会合。 她最后告诉他，她前月轻了身。 女医说婴孩在母体中，受悲痛的刺激过度，不能发育，生下来三天，就在礼拜堂后墓地下长眠了。

"礼拜堂！ 礼拜堂！"他读完了她的信痴坐了一会，只说出这"礼拜堂"三个字。 外边风吹得更厉害，窗外松涛，像要奔进他房里来。 忽然一阵又悲壮又慈和的歌声，跟窗外松风，吹进他的耳鼓。 他知道这海岸也有一个小礼拜堂，正在松林后面。 过了一刻，他又听见"铿！ 铿！ 铿"的钟声。 他望着柱上挂的壁历，才知道今天是礼拜日！

他心烦意乱，很不安似的。 他再也坐不住了。 他赶下楼来，急急的往松林里奔。 松林里一片黑暗，伸手看不见五指。 只有一道灯光从礼拜堂射进来，照着他向光的那条路走。 他并不回顾，他只向礼拜堂前奔。 不知道他的，要说他是发狂！

他站在礼拜堂门口，不敢进去。 他实在不好意思进去。因为他还疑心，他的罪，那个人未必肯代他负担。 他只呆呆的站在门口听里面的歌声，更加嘹亮，一字一句，都听得很清楚。

救……主……离加利利，
到……约……檀河。
不……远……路长百里，
其……志……为何？

他不知不觉地跑进礼拜堂里面去了。 他才进去，外边就淅淅沥沥的下起雨来。 他没听见雨声，他只留心听唱的歌最后那一节：

信……赖……救主慈爱，

卸……却罪恶重荷!

他信了那个人! ——能够代我们负担罪恶的那个人! ——那人拭干了他的眼泪。 那个人告诉他,上帝赦免了他从前一切罪过。 他从礼拜堂回来那晚上,他的亡父跑来对他说,他(父)赦了他(子)的罪。 她也跑去对他说,她恕了他,并且要他也和她一样的恕她。 因为上帝尚且赦免我们的罪恶,我们人类哪有彼此不能宽恕的道理? 只要我们能悔罪,能改过!

一九二〇年六月中旬

（初发表于 1920 年 11 月《学艺》2 卷 8 号）

一

克欧今天回到 T 市来了，由南洋回到一别半年余的 T 市来了。 他是 T 市商科大学的学生，今年三月杪把二年级的试验通过了后，就跟了主任教授 K 到南洋群岛一带去为学术旅行。 他和他的同级生跟着 K 教授在南洋各岛流转了几个月，回到 T 市来时又是上课的时期了。

他在爪哇埠准备动身的前两天，预先写了一封信来报告苔莉。 他的信是这样写的：

    ……终年都是夏，一雨便成秋的南洋诸岛的气候是很适合我们南国人的健康。南洋的热带植物的景色也很有使人留恋的美点。但我对这些都无心领略与赏玩，我只望我能早日把我们的学术旅行事项结束，赶快回 T 市去和我的苔莉——恐怕太僭越了些，不知道你会恼我么，——相见。

    我所希望的一天终要到来了。K 教授说，我们出来半年多了，菲律宾岛的参观俟毕业后举行。我们后天即乘荷兰轮船向新加坡直航。到了新加坡大概要停留三两天，然后再乘船向香港回航。我们不久——大概三个星期后就得会面吧。

此次旅行得了相当的收获。除学校的实习报告外，我还写了点长篇的东西。一篇是《热带纪游》，一篇是《飘零》。这两篇就是我送给我的苦莉的纪念品——此次南行的纪念品。

我们的交情是很纯洁的，我们纯是艺术的结合。你也曾说过，我们只要问良心问得过去，他们的批评我们可以不问的。不过我想，这封信你还是不给表兄看见的好。因为他对我们的艺术的研究太无理解了，恐怕由这封信又要惹起是非来，我倒没有什么，可是累你太受苦了。

你寄苏门搭腊得里城 M 先生转来的信，我收到了。你说下期再不能分担社务的一部分了，这是叫我很失望的。因为你的家庭幸福计，我们也不好勉强再叫你担任。不过你有暇时，还望你常常投稿。

我在各地寄给你的风景画片谅已收到吧。你读这封信时我怕在新加坡与香港间的海上了。

克欧于爪哇，九月三日。

克欧到了海口的 T 市就打了一个电报给她，他希望她能够到 T 市车站的月台上来迎他。

克欧坐在由 S 港开往 T 市的火车里。 车外的景色虽佳，但也无心赏玩。 他心里念念不忘的还是 T 市东公园附近的景色，尤其是夏天的晚景。 他很喜欢那儿，去年的夏期中东公园中没有一晚没有他们俩的足迹。

火车由 S 港赶到 T 市车站时，灼热的太阳光线之力也渐渐地钝弱了。 他跟着 K 教授和一班同学从火车厢里跳出月台上来。"——我的电报——在 S 港打给她的电报——她该收到了吧。 怎么不见她来呢? "克欧还没有下车前，站在车厢门首就不住地向月台上东张西望。 他望了一会很失望地跳了下来。 月台上虽拥挤着不少的人，但他终没有发现有个像她的面影的人。

——也好，她还是不来的好。 她真的来了时，他们又要当做一件新闻去瞎评了。 她的信里不是说，我一到 T 市就要赶快去看她么，那么她是不来了的。 克欧虽然这样辩解似的在安慰自己，但他总感着点轻微的失望。

他的同学们，有的已回家去，有的跟 K 教授回校去了。克欧在 T 市是无家可归的，但他也不忙着回学校去。 他就在车站附近的旅馆名叫 T 江酒店的三楼上开了一间靠着江岸的房子。

二

吃过了晚饭，克欧就想到苔莉家里去，但他想了一想，晚间去看她是不很方便，因为那时候她的丈夫是在家的。

克欧再深想一回，觉得自己未免有点矛盾。自己不是很有自信，对苔莉的心是很洁白的么，何以又怕见她的丈夫呢？每念及她时，何以心脏又不住地在跃动呢？

——还是明天去看她吧。九点多钟，她的丈夫是到公司里去了的。克欧这么想了后，又觉得自己太卑怯了，他暗暗地感觉一种羞耻。

季节虽到了秋初，但位置在亚热带上的 T 市的气候还是很郁热的。他坐在旅馆的房子里不住地从茶壶里倒茶出来喝，喝了一杯又一杯，一面喝一面呆想。

他到后来才觉得肚皮有点膨胀了，他就向一张藤床上倒下去。楼外江面的天色由薄灰转成漆黑了。由天花板正中吊下来的一个电灯忽然的向四围辐射出无数的银白色的光线。

下到二楼去的扶梯上像不住地有人在上下。楼下和隔壁旅馆不时有麻雀的轰响吹送过来。三楼上比较的寂静，但相邻的几间客室里不时有低音的私语，或高音的哄笑。此外还听得见的是不知由哪家酒楼吹送过来的女性的歌声和胡弦的哀音。半个月间在旅途中精神和体力都疲倦极了的克欧早就想睡的，现在他的视官和听官又受了不少的刺激，再难睡下去了。

——看她去吧，还早呢。表兄在家时怎么样呢？不，该去会她的。就和他们夫妻俩谈谈吧。不，我总不情愿见他，乘丈夫的不在常去访他的妻的我未免太卑劣了吧。……

可惜了，今天的火车迟了两个钟头！ 早两个时辰赶到来时，还赶得及去看她的。 克欧痴望着在热烈地辐射的电灯和绕着灯光飞动着的一群飞蛾。

外面敲门的音响把他由痴梦中惊醒过来。 他站了起来，开了房门。

"你是不是谢克欧先生？"茶房很率直地问他。

"是的。 有什么事？"克欧反问。

"东公园 N 街白公馆有电话来，要你去接。"

他听见东公园三个字，心房就激烈地颤动起来。

——她听见我回来了，现在打电话来叫我去的。 克欧跟着茶房走下二楼到电话室里来。 他一面走一面在唇上浮出一种愉快的微笑。

克欧站在电话机的送话机前，只手拿着受话机。

"你是哪一个？ …… 你是阿兰？ …… 病了？ 什么病？！ 肠加答儿？ 好了些么？ ……是的，是的！ 我一早就来。"

克欧才把受话机放下来，忽想到忘记问阿兰，苔莉病了多久了。 他忙翻转身再接电话机，叫了几声，那边早没有人回答了。

三

这晚上，克欧在 T 江酒店的三楼上整晚没有睡着。 他翻来覆去都是思念她的事，思念她的病，思念他认识她的经过。

白国淳的母亲和谢克欧的父亲算是同祖父母的嫡堂兄妹。他们的原籍是离 T 市六百多里的 N 县。白国淳的父亲在 T 市有生意，国淳是在 T 市生长的，与其说是 N 县人，宁可说是 T 市人。

国淳的父亲虽在 T 市做生意，但他的爱乡心却很强。他在 T 市赚来的钱十中七八都寄回 N 县去买田和建筑房屋。国淳在 T 市的法政专门学校第二年级的那年秋，他的父亲一病死了，这时候克欧才从乡间出来，在一间高级中学校里补习。克欧认识苔莉也是在这时候。

国淳的父亲死后，国淳就废了学。他对他父亲遗下来的生意完全摸不到头绪。只半年间就给伙计们吃蚀完了，生意就倒闭了。国淳所得的遗产只有银行里存的六七千块钱。

国淳替他的父亲治丧时，克欧因亲戚的关系，跑过来替他的表兄招呼一切。因为在 T 市的亲属实在没有几个人。

苔莉是国淳在法政学校时代娶的一个很时髦的女学生——高谈文艺和恋爱的女学生。他们是自由结婚的，没有得白翁的许可。所以结婚后国淳在东公园的 N 街租了一家小房子安置她，不敢带回来家里住。

国淳向苔莉介绍克欧时，笑着说：

"这就是新晋作家谢克欧，——你所崇拜的作家。"

"你就是《沦落》的作者？还这样年轻的！谁都不相信

吧。"她脸红红地向克欧笑了一笑。"是不是？"她再翻向她的丈夫问。

克欧只脸红红的望了望苔莉，没有话说。他只注意着她的高高地突起的腹部。

黛色的修眉，巨黑的瞳子，苹果色的双颊，有曲线美的红唇，石榴子般的牙齿及厚长的漆发；没有一件没有一种特别的风韵。若勉强地把她的缺点指摘出来，就是身材太矮小和上列的门齿有点儿微向外露。

"她是个小说狂。"国淳笑着告诉克欧。"你要研究文艺最好请他教你。"国淳笑着向她说。

"是的，我以后要慢慢地向谢叔叔请教呢。"苔莉也笑了，很自然的向克欧的一笑。

——像这样的美人是不应当替人生小孩子的。克欧自认识了苔莉之后，觉得他的表兄是没有资格享受她的。他想她大概还没有知道她的丈夫的秘密吧。

国淳因为清理故乡的产业——收田谷和店租——每年冬夏两季要回到故乡的 N 县去，在乡里逗留三个星期或一个月才回来。

四

去年的暑期中，国淳循例回故乡去了。在这假期中克欧差不多天天都到苔莉家里来。在这时候苔莉的霞儿已满周岁了。

一天晚上克欧吃过了晚饭又散步到苔莉家里来了。 他走进来时看见苔莉和一个克欧从未见过的，比苔莉还要年轻的女子对坐着吃饭。 他觉得这个女子比苔莉还美些，第一她的肤色比苔莉的洁白些；身材虽然矮小，但比生育过来的苔莉富有脂肪分。

"欧叔叔，我们可以安心到戏院去看映戏去了，我雇了这么年轻的妈子来看守房子，一定靠得住的了。"苔莉接着克欧就笑说起来。

那个女子还没听完苔莉说的话就嗤的笑出来了。 由她这一笑他认识她是苔莉的妹子了，因为她笑时和苔莉笑时是一样的娇媚。

"你的老妈子退了么？"

"偷米，今天给我看见了，把她退了。"

"你这位令妹叫什么名？"克欧笑着问苔莉，一面走过来看睡在摇床里的霞儿。

"谁告诉你说是我的妹子！ 你猜错了哟。"苔莉快要把口里的饭喷出来了，忙把筷子放下来。 那个女子也像很喜欢笑，现在她也在笑出声来了。

"是苔芸？ 苔兰？"克欧再紧追着问。

"啊唷，不得了！ 连苔芸，苔兰的名字他都晓得。"她们再哄笑起来。

"你自己告诉我的，你又忘记了你说过的话了。"

苔莉早就告诉过克欧，她的父母的家计不很好，她有姊妹三人，没有兄弟，她居长，在女子中学读了两年就退了学。 第二个名叫苔兰，由高等小学出来就不再升学了，在一个女裁缝家里习裁缝。 只有第三的苔芸现在进了女子师范第一年级。

苔兰是她姊姊叫了来的。 此后打算长住在她家里，日间习裁缝去，下午三点多钟就回来。 苔莉家里不想再雇用妈子了。

等到她们吃完了饭，霞儿也醒来了。 克欧就邀她们同到东公园里去乘凉。

"等一刻，周身都是汗了，不单背部，连腿部……你看！"她笑着略把她的右腿提起叫克欧看。 果然在湖水色纱裤子的上半部渗印了几处汗湿。"等我进去换换衣服，你替我看着小孩子，要替她扇。"苔莉一面说一面把一把扇子给克欧。

——她的举动，她的说话，无论在什么时候都是这样不客气的。 克欧想若不是他时，定会错猜她是对他的暗示了。

过了一刻，苔莉换上了一件淡绿的纱褂子，套了一件黑纱裙，电光透过她的纱衣，里面的粉红色的紧身背心隐约看得见。 走近前来就是一阵香粉的香气。 他觉得她的装扮是带有几分官能的诱惑性。

"快走，快走。 快走出去吹吹风！ 再站在这里头又要流汗水的。"她一面说一面把霞儿抱起来。

"她不去么？"克欧看着苔兰问她的姊姊。

"今天轮她看守房子，明天轮我看守房子。 明天就让她伴你去逛公园，看映戏，到什么地方去都使得。"苔莉笑着说，说得她的妹妹脸红红的低下头去笑。 克欧也跟着苦笑起来。 克欧有点怀疑苔莉是种醋意的说笑。

克欧跟苔莉由她家里走出来。

"热，真热！"苔莉抱着霞儿一面走一面呼热。 只转了三两个弯，过了几条小巷就走到东公园门首来了。

五

他们还是到他们所常来的一个茶室里来。 在这茶室里他们拣了一个比较僻静的南向的座位，两个人在一台小圆桌的两面对坐下来，吃汽水，吃冰淇淋。

他们来的时候客还少些，等到他们坐了半点多钟，客渐渐的多了。 他们见茶室里的人数渐多了，就叫走堂的清了账，两个人出来在公园里并着肩找比较幽静的地方去散步。

在公园里的花径上，在葡萄架下，在清水池畔也遇着几对的男男女女。

"走累了，我们在这里歇歇吧。"他们走到池畔小山上的六角茅亭中来了。 亭里有个圆形石桌和几张石条凳，这时候抱霞儿的不是苔莉是克欧了。

"你多抱她，她不久就会叫你做爸爸的。"苔莉在一张石凳上坐下来笑向克欧说。

"叫不叫爸爸不要紧，但霞儿的确帮助了我们不少。 抱着小孩子出来，他们就不很注意我们了。"

"为什么？"

"要问你了。"克欧此时只能一笑了。

"他们猜你是霞儿的爸爸？"

"……"克欧觉得自己的双颊有些发热。 幸得亭子里的电灯光暗暗，没有给苔莉看见。

"是的，欧叔叔，你怎么还不结婚？"

"学生时代能够结婚么？ 并且也还没有发见可以和我结婚的人。"

"你不着手找，那就永不会发见你的理想的女性。"

"……"克欧只含笑不说话。

"听说做小说家的都是多妻主义者。 你虽没有结婚，可是你恐怕在暗中活跃吧。"

——你的丈夫才是多妻主义者呢。 克欧心里觉得好笑，同时又觉得苔莉可怜。 因为苔莉像不知道她的丈夫的秘密，还当自己是个有家庭的幸福者。

"你真的还没和谁恋爱过？"苔莉再笑着问克欧。

"这时候还谈不到这些事。"克欧只摇摇头。

"我替你做个媒好么？"

"是哪一个？"

"呵啦，你还是想有个女性。 真的，上了二十岁的男子也和女人一样吧，没有不渴想异性的吧。"苔莉在狂笑。

"只问一问，怎么就说是渴想呢？"克欧苦笑着说。

无邪的苔莉说的话都是这样不客气的。 克欧就很想说，"就现在的我说，相知最久的只有你苔莉一个人"，但他终不敢说出口，他怕说出来引起了她的轻视。

"我们回去吧。 夜深了。 等到警察来干涉，说我们是密会的野鸳鸯时就不妙了。"苔莉又狂笑。

"有霞儿替我们作证。"克欧也笑着说。

"莫太高兴了。 附近的警察有认得霞儿的爸爸的哟。"苔莉这么一说，克欧更觉得双颊发热得厉害。

"所以我说，她可以证明我们是乘凉来的。"

"你真辩得巧。 算了，你把霞儿抱过来。"苔莉站起来了。 克欧抱着霞儿走近她。 一阵有刺激性的香气向克欧的鼻孔扑来。 她把霞儿接抱过去时，克欧的手触着苔莉的汗腻的手了。 只一瞬间，他像着了电，心脏不住的在跳跃。 同时他也感着一种微妙的快感。

离开了六角的茅亭，他们沿着小山坡的草径慢慢的步下去。 由小径和坡下的通路相联络的是一段倾斜很急的石径。克欧走到她的前头。

"让我抱霞儿吧。"

"不，我自己慢慢的下去。"

"那我牵你下去好吗？ 怕滑倒下去不得了。"克欧有了刚才的微妙的快感的经验，希望再有个机会触触她的汗腻的手。

苔莉看见他伸出手来，忙向路侧一退，她像怕他在这薄暗中对她有意外的举动。克欧看见她退避，很失望的也不好意思的先跑下坡去了。

六

他们俩默默地一前一后的走出公园门首来了。才踏出公园门，克欧就向她告辞。

"到我家里去喝了茶回去不迟吧。还有几条黑暗的小巷子，你放心让我一个人走么？"

克欧不做声的只得跟了她来。他送她到她的屋门首了，他才向她点一点头就回学校的寄宿舍去了。

约有一星期之久，克欧没有去看苔莉。往时苔莉有事要和他商量时，就会寄封信来或寄张明片来请他到她那边去的。克欧虽然硬着心不去看她，但心里却在希望着她那边有消息来。

距开课只有两星期了。克欧觉得虚度过了这两星期很可惜。快开课了。表兄也快要由乡间出来了。黄金般的这三两星期应当常去看她，尽情欢笑的。受着这样的小小的失意的支配就把这样好的时光空过了，未免可惜。但是克欧自那晚回来后近两个星期没有出校门了。

——她恐怕在望我呢。我还是当做没有那回事般的去看她吧。 不，不，要去时第二天就该去的。 强硬了这两个多星期了，要得了她有相当的表示后才有脸子去了。

克欧近两星期为这件事苦闷了不少，也感着了异常的寂寞。

——她是什么样人，你知道么？ 你的表兄嫂哟！ 你没有思念她的权利哟。 假定她真的对你有相当表示时，不是小则闹笑话，大则犯罪么？ 索性不去了！ 你还是对她断念的好。 这样的变态的恋爱是得不到好结果的。 克欧有时又这样的提醒自己。

但是，但是他的心上像给她着了色，他到后来觉得有时虽有这样的理性的反省，但是很勉强很不自然的一种反省，没有看见她时或对她失望时，偶然间发生的反省，一看见她之后就会完全消灭的反省。

开课的前几天，他接到了她寄来的一封信。 信里的意思是，她接得霞儿的爸爸来信，几天就会回到 T 市来。 霞儿爸爸未到 T 市之前，她希望他能够来谈谈。 她信里又说，她很望他能即刻来，苔兰在望他来，霞儿也在望他来。 她在后面有一行说，他许久不来，她们一家人都是很寂寞的。

——什么！ 有信来就该早点来！ 怎么挨到这时候才来？ 过去的两个星期不是很可惜了么？ 克欧觉得前两个星期的黄金般的时光是给苔莉一手破坏了的。

接到她的信时是下午的四点多钟。 那晚上他忍耐着没有马上跑到她家里去。 可是那晚他通宵没有睡着。 到了第二天，挨不到吃午饭，他就在她的家里了。

七

克欧看见苔莉抱着霞儿开门迎他时，他觉得很不好意思的，禁不住双颊发热起来。 但她还是和平时一样的对他始终微笑着。 她像忘却了一切的过去。

"怎么许久不见你来！"她又像在嘲笑他，"病了么？"

"……"克欧只苦笑了一阵。

克欧走进厅里待要坐下去。

"我们到后面院子里去坐吧。 上半天那边凉快些。"

"兰呢？"克欧把手中的草帽放在厅前的桌上，跟着她到后院里来。

"她才出去，就回来的。 她今天也没有习裁缝去。 她买线去了。"

院子里只有一张藤床和一张圆小藤桌。 桌上泡好了一壶茶。 苔兰像泡好了这壶茶后才出去的。

苔莉看克欧在藤床上坐下去了后，抱着霞儿也过来坐在藤床的一端。 他们虽然没有并坐着，但他们间的距离不满两尺了。

"这两星期旅行去了么？"苔莉才坐下来就这样的问了一句。

"天天在学校里睡觉。"

"你这个人真妙。 一个人在学校里不寂寞?"

"没有回去的同学有四五十个,怎么会寂寞! 你呢?"

"我? 不单我,阿兰也这样说,你不来时我们家里很寂寞的。"

"表兄快回来了吧?"

"是的,公司里去信催他回来,催了两次了。 他的假期早就满了的。 不知为什么事迟迟不来。"

国淳是在 T 市的一家小银行里当司书。 银行的经理是他的父亲的老友。 他的父亲遗下来的生意倒了后,这位父执就招呼国淳到他银行里去。

克欧接到由家里寄来的信,约略知道了国淳迟迟不来的原因。 他听见国淳家里因为苔莉的事起了小小的风波。 但他不能直接把这些详细对苔莉说。

"恐怕田谷的事还没有清理吧。 今年的收获期比较迟些。"克欧只能这样的敷衍。

苔莉今天的态度不像平日那样的活泼,像心里有什么放不下的事情般的。

"你今天像很沉郁的样子。 身体不好么?"

"……"她只摇一摇头。

"妈,妈妈妈。"在她膝上的霞儿打了几个呵欠叫起妈妈来。 她像想睡了。

苔莉解开衣衿露出一个乳房来喂霞儿。

克欧不敢望她,低下头去。 彼此沉默了好一会。

霞儿衔着母亲的乳嘴睡下去了。

快近午了，四围像死一般的沉寂。 克欧只听见由远处吹送过来的低微的蝉音。

苔莉抱了睡着了的霞儿进里面去了。 过了一会她空着手走了出来。

"外面蚊蚋多了，让她在里面床上去睡好些。"她说着走过来坐在克欧的旁边。 他们间的距离更近了。

她虽坐下来了，但仍然低着头没有话说。 二人间的沉默又继续了好一会。

"欧叔父，你的表兄到底是怎么样的一个人？ 你该比我详细些。 你不要替他隐瞒，你要正直的告诉我才对得住我。"

克欧给她突然的问了这一句，一时答不出话来。 他只睁着眼睛呆望她。

"你不单是和他同乡，并且是亲戚，你当然很详悉他的性质，你告诉我吧。 我深信你是个很诚恳的人，一定不会瞒我的。"

克欧当苔莉是听见了国淳的家庭的状况，想骗她是骗不过了。 但把国淳的乡间的家庭状况告知她时又觉得对国淳不起。 并且国淳常常叮嘱他不要把他的秘密向她泄露的。

"他？ 他是个好人，再好没有了的人。 他一点怪脾气也没有，气性也很好。 这些你该比我详细的，要我再告诉你什么事呢？"

"是吗？ 男人是袒护男人的。 你拿我和你的表兄比较，你爱你的表兄当然是情理中的事，不过我……"苔莉说到这里咽住了，她的眼睛里满贮着水晶珠，不一会，一颗一颗的掉下来了。

八

出他意外的她的流泪把他骇了一跳，因为他认识她一年多了，只看见她笑过，从没有看见她哭。

"什么事，伤心什么事？"克欧着急起来了，他真不知要如何的安慰她。 他想凑近前去，但想一想自己实在没有这个权利。 他马上也自责不该乘人之危以发展自己的欲望。

苔莉听见克欧这一说，她枕着只腕伏在藤桌上，双肩抽动得更厉害了。

几次想把腕加在她的肩背上去问她为什么事伤心，但克欧总觉得这种利用机会的动机是很不纯粹的，很卑劣的。

苔莉哭了一会，从衣袋里取出一封信来交给克欧。 克欧接到信，忙抽出来读。 信像是一个女人写给国淳的，信中的意思大意是责国淳许久不到她那儿去，也许久没有钱寄给她。 暑中回乡之前该到她那边去也不去，她想他现在该由乡间出来了，该快点到她那边去，不然她就要访上门来。

克欧读完了信后在信笺末和封面检视一回，都没有住址，邮印又模糊得很，看不出是从哪一处寄来的。 但他骇了

脱了軌道的
星　球

張資平著

現代書局
印行

飛絮

張資平著

落葉叢書第二種

1926.

沖積期化石

一跳，因为他发见了苔莉所不知的秘密外的秘密了。 他更觉得苔莉可怜。

——表兄完全不是个人了。 但克欧又想，社会上本不少抱着三妻四妾的人，但没有人批评他们半句，假定自己和苔莉一个人对一个人的恋爱成立时，那我们就马上变为万目所视万手所指的罪人了。 社会上像这些矛盾的事情本是很多的。

克欧现在觉得他的表兄和苔莉结婚的经过也很有知道的必要了。 他想详细的问问苔莉，但又觉得现在不是好机会。

——把苔莉所未知的表兄的秘密告诉她吧。 那么她定会投向我的怀里来。 一般的女人发见了她的丈夫不是真的爱她时，她对她的丈夫的反抗心也加倍增强的。 连克欧自己都觉得惊异，怎么自己会发生出这样卑鄙的念头来。

——但苔莉这个人决不是能委曲求全地做人的姜的人。她迟早有一回会发见她的丈夫的秘密，就是迟早会同她的丈夫有一次的决裂。 作算表兄有本领能够把这些事情敷衍到底，苔莉的物质生活虽可以勉强过得去，但精神生活就太苦了。 一生就这样的在暗影中过日子，这是何等可怜的事！她赤裸裸的把她的心扉打开让她的丈夫进来，但她只在他的心扉外徘徊，不知道丈夫的心扉开向哪一方面，这是何等伤心的事！ 她是蔽着眼睛在高崖上彷徨，下面就是深渊，她的前途是很黑暗而危险的，我该告诉她的，把表兄的一切秘密告诉她的。 这样的立在危险的高崖上的女性，我是有救她，惊醒她的义务！

"苔莉！……"我初次呼她的小名，但她并不介意。她此时收了眼泪了，仰起头来睁着大眼凝视克欧。

——不，我不能把表兄的一切告知她。告知她也可以，不过要附加两个条件，第一是和表兄绝交，第二是和苔莉诀别。第一条件还可以勉强做得来，至第二条件，在现在的我就太痛苦了。今后不能再来看她是何等难堪的事！但是告诉了她后，我和她之间的爱情继续着增长。她或终竟投向我这边来时，那我完全是个……至少社会的批评定说我是苔莉的拐诱者。

"怎么你的话又不说下去？你什么时候都是这样的，真气死人！"苔莉气恼着说了后凝视了克欧一眼，表示她的愤恨。

哭后的苔莉，双目周围带着红色的晕轮，眼皮微微的浮肿起来，脸色却带几分苍白。在克欧的眼中觉得此时的苔莉另具一种魅力。一阵阵由微风吹送到他的鼻孔中来的发油和香粉混合而成的香气把他陷于沉醉的状态中了，他觉得自己的身体不住地胀热，他早想过去把她拦腰的抱一抱。但他觉得自己很危险的站在罪恶的面前时，他忙站了起来向苔莉告别。

九

过了几天，国淳由乡间出来了。 克欧料定他们间在这几天之内定有小小的波澜发生，国淳初抵 T 市的一天，他到他们家里去了一趟后，好几天没有到他们那边去了。

怕他们间发生什么波澜，不愿在他们间做调人，虽然是不到他们家里去的小小的一个理由，但是最大的理由还是不愿在国淳的身旁会见苔莉，不愿由看见国淳后发生出一种可厌弃的想象——她的身体在受国淳的蹂躏的想象。

出乎他的意料之外的是苔莉并没有根据那封信和她的丈夫发生什么争论。 她像忘记了那一回事般的，又像对她的丈夫绝望了般的。

——论苔莉的性质，她决不是能容忍她的丈夫对她有这样欺侮的行为。 虽然他这样推想，但她近来对她的丈夫像绝了望般的，从前国淳迟了点回来，她总是问长问短的，可是近来她不关心她的丈夫回来的迟早了。 他过了晚饭的时刻还不回来，她就和苔兰，霞儿先吃。 他过了十点钟不回来，她就先带霞儿就寝。

克欧在这个时期中也很少到他们那边去了。 他和几个友人共同组织了一个研究纯文艺的紫苏社，每月发行月刊一次，发表他们的创作。 本来就喜欢读小说的苔莉每次接到克欧寄给她的《紫苏》就不忍释手的爱读。 读了之后也曾提起笔来创作过，自她第一次的短篇《襁褓》经克欧略加以改削在《紫苏》发表之后，她对创作更感着一种兴趣了，除了看引霞儿之外的时间都是消磨于创作了。第二篇创作《喂乳之后》可以算是很成熟的作品，是描写一个弃妇和丈夫离婚之后带着一个小儿子辗转漂流，到后来她发见了她的第二个情人，这个情人向她要求结婚时，她为这件事苦闷了两三个月，到后来她终拒绝了她的情人的要求，望着衔着乳嘴睡在自己怀中的小儿子拒绝了情人的要求。这篇创作发表后，得了社会上多数人的喝彩。但文艺界只知道苔莉是紫苏社的新晋女作家，不知道她是白国淳的妻，尤不知道她是做了人的母亲的女性。有些喜欢说刻薄话的青年学生就说苔莉是克欧的 Sweetheart，是克欧的未婚妻。

克欧早由学校的寄宿舍搬了出来，在 T 市的东郊租了一所房子和友人同住在里面经营紫苏社的一切社务，这个房子外面墙上就贴了一张紫苏社的黄色条子。

国淳和苔莉间的沟渠像渐渐的深了起来，他很不常回家，有时竟在外面连宿几个晚上才回来。苔莉对他的越轨的行动像没有感觉般的，并且还希望着国淳少和她接近，少和她纠缠。

双十节那天，克欧到她家里来看她。他有个多月足不踏苔莉的门了。

"我当你永久不会来我这里了的。"苔莉笑着出来迎他。

"我不常来是怕妨害了你们的欢娱的时间。"

"你还在说这些话来嘲笑人！ 你看我定要复仇的！"她说了后把双唇抿紧，向他点了点头表示她在恨他。

他们一同走进房里来了。 克欧从前不敢随便跑进她的寝室去的。 现在他跟她到她房里来坐了。

靠窗的书案上散乱着许多原稿纸，还有几册小说和文艺杂志堆在一边。 克欧想她原来正在执笔创作，那些书籍是她的参考书了。

"阿霞呢？"

"兰背她到外面玩去了。"

克欧走到她的案前翻她写好了的几张原稿纸，苔莉忙走过来夺。

"先生！ 此刻还看不得！ 做好了再把你看。"

但克欧早把那原稿抢在手里了。 他高擎起他的手。 她就靠近他的胸前仰着首拼命的把他的手攀折下来。 不是克欧没有力，他早给她的气息和香气溶化了。 有暧昧的她的一呼一吸吹在他脸上时，他的全身就像发酵般的膨胀起来，原稿给她夺回去了，他只看见题名是《家庭的暴君》。

她还靠在他的胸前咕噜着怨他。 一阵阵的由她身上发散出来的香气把他沉醉了，他听不见她说些什么。 他到后来发见他是站在危险线上，才忙急的离开她，退出来站在房门首。

<h1 style="text-align:center">十</h1>

这年冬，国淳循例的又回乡下去了。 苔莉去年还在车站上送他回去，叮嘱他能够赶得上时要回来 T 市和她们母女度团圆的新年。 今年呢，她并没有留神他是哪一天动身的了。

过小年的那天，邻近的家家在燃爆竹。 只有苔莉的家里异常寂寞的。

吃过了早饭，克欧提着一篓红橘子两方年糕到苔莉家里来。 这些东西安慰了霞儿不少的寂寞。

"陈先生说要到 T 市来，现在到了么？" 苔莉接着克欧就问他们紫苏社的同志陈叔平——驻 X 市的代表，也是常有创作在《紫苏》杂志上发表的人——由 X 市到了 T 市来没有。

"三两天内总可以到来吧。"

"他的散文真做得好。 他怎么不进文科呢？ 他研究遗传？"

克欧只点点头。 陈叔平是 X 市农科大学的二年生。

"小胡今年也不回家去。 你们都到我这里来过年吧。 我买了副新咔特，准备新年玩的。"

克欧听见小胡，心里就有点不快。 因为小胡是个比他年数小的美少年。 据苔莉说，他是她的同乡，他常到她这边来是为看苔兰来的。 但苔莉愈向克欧辩解，克欧愈怀疑他，因为苔莉从前不很喝酒的，现在也狂喝起来了，从前不爱晚出或到戏院去的，近来也很常晚出，和小胡一路出去到戏院看戏去了。

——看她近来有点自暴自弃的样子。作算她不爱那个小孩子，但他们都是在性的烦闷期中……克欧自己也不明白自己近来对苔莉为什么会发生出这些不必要的疑心来，也不知道自己近来为什么这样的关心她的行动。

——不是你的妻子，也不是你的姊妹。她有她的自由，你管她做什么。克欧气极了的时候也曾这样想着自己排解。他虽然这样想，但心里总不当他所想的是正确。

——我不知不觉的沉溺下去了！我的精神完全受着她的支配了。我该及早反省，不然我就难在社会上立足了。可是，我往后不能见她，不能和她亲近，我的生活还算是生活么？作算是生活，也不过是留下来的一部分的痛苦生活吧。恨只恨她不该不告诉他一声私私地把我的心偷了去。现在我的心全握在她的掌中了！

除夕的晚上他在苔莉家里斗牌斗到天亮。那晚上陈叔平和小胡都一同抹牌。初一在社里睡了一天，睡到下午四点钟才起来。他起来略用了些点心后，又和陈叔平出去赴友人的新年招宴了。

初二的早晨，克欧睡到九点多钟才起来。他吃过了早点就一个人赶到苔莉家里来。走到她家里来时只苔兰一个人出来迎他。

"姊姊呢？"克欧看见苔莉不在家，心里有点不快。

"出去了。"苔兰望着克欧用很谨慎的态度回答，因为她直觉着克欧快要发怒了。

"到哪里去了？"

"姊姊说告诉你不得。 怕你发恼。"苔兰这句话没有把克欧激怒，倒把他引笑了。 他想苔兰竟老实得到这个样子，完全不像苔莉的妹妹。 从前克欧就曾向苔莉说笑：

"苔兰美得很，你替我做媒好不好？"

"要她这样的女子做什么？ 比她好的多着呢。"

"她还不美？"

"十七八岁的女儿没有丑的。 不过像橡树胶制的人儿有什么趣味？"苔莉的话不错，苔兰太老实了，太不活泼了。

克欧听见苔兰的说话后禁不住笑了。

"和胡先生出去的，是不是？"

苔兰只点了一点头。

"阿霞也带去了？"

苔兰再点了一点头。 克欧听见阿霞也抱着出去了，心里比较的安静下来。 但再翻一翻想又觉得阿霞这样小，决不是他们俩的监督者。 他们要时，什么事干不出来？ 克欧由她们家里走出来时心里愈想愈气不过。 他想作算你对自己绝没有一点爱时，也当认明白自己是国淳的表弟，他托了我来照拂你，那么对你，我是有相当的监督权的。

但到后来他觉得自己的愤恨的动机完全是醋意，他也觉得自己有这样的态度是太卑鄙了。

——我自己错了机会。 她不是有几次向我表示，和我接近么？ 我自己太无勇气了，我太和她疏远了，她对表兄早没有爱了，她由表兄把爱取回来了。 她在等着接受她的爱的人。 她当我是个候补者。 现在她知道我是怯懦者，无能力接受她的爱。 她向他方面寻觅接受她的爱的人，论理是无可苛责的！ 目下的问题只问你自己真的爱她不爱她。 爱她时就快些把她由小胡手中抢回来。 不爱她时你就以后莫闻问她的事好了。

十一

克欧自大年初二那天回来后，又有一个多月不到苔莉家里去了。 在这一个月的期间中，他想表兄也该回 T 市来了，就去也没有什么意思，索性莫理她吧。 在这期间苔莉也曾写了几封信来，说要他去和她商量什么事，但他终没有复她一封信。

他有几次由学校回到社里来都听见当差的说苔莉曾来看他，听见他还没回来就走了。 克欧也很想见她，但再一翻想觉得还是趁这个机会切断了两人间的缠绵的情绪的好。 料想到两个人再这样的敷衍下去，到后来彼此都不得好结果的。所以他有意的规避她，一早就出去，到傍晚时分才回来，吃了晚饭后又出去，到十一二点钟才回来。

二月中旬的一天，他接到了她一封很愤恨并且很决绝的信。她信里说，她一点不明白他为什么这样痛恨她，不理她；作算她对他有什么失礼的地方也得明白告知她，让她改过；她只有常常思念他的记忆，并没有对不住他的记忆；作算他觉得她有对不住的地方时他也该原谅她。最后她在信里郑重地说，希望他能在最短速的期间内去看她，并替她解决一件疑难的事件。

克欧读了这封信后不能不到她那边来了。他在门首敲了一会门，但打开门迎他的不是苔莉，也不是苔兰，却是克欧不认识的老妈子。

"你是新来的妈子？"

那个老妈子微笑着点了点头。克欧转过脸来望里面。苔莉不像平时一样听见他的声音就出来厅前笑着迎他了。

克欧心里有点不高兴，但又不好转身回去。他元气颓丧的步进厅里来了。

——她自己心里不好意思，却用这样的态度来先发制人的。克欧站在她的房门首看见她坐在床前的矮椅子上垂泪。蚊帐垂下来了，阿霞像睡着了。

"你来了吗？"她只抬一抬头就低下头去揩泪。克欧来时本打算不先开口的，现在不能不先说话了。

"你为什么事这样的伤心？"克欧把手杖和毡帽放在一边，在靠窗的一张藤椅上坐下来。

苔莉听见克欧问她，更哭得厉害，她用只腕枕着头伏在床沿上，双肩不住地耸动。

"什么事？ 到底为什么事？ 难道我来错了么？"

"你不情愿来我这里你就回去吧！ 等我死了……"苔莉说到这里，更悲痛的哭出声来了。

"谁说过不愿意来？！ 你不喜欢我来我才不来！"克欧很倔强地说。

"谁又说过不喜欢你来！ 你自己疑神疑鬼的！"

克欧本想把小胡的事责问她的，现在听见她说了这一句，不敢再向她提小胡的名字了。

克欧大胆的只手拍着她的肩膀，只手拿一条手帕要替她揩泪，她才住了哭。

"谁要你揩！"苔莉站了起来向着他笑了，但腮上的泪珠还没有尽干。

"兰儿呢？"

"回我母亲那里去了。 后天才得回来。 你今晚不回去使得？"苔莉说了后向他一笑。

"我要回去。 瓜田李下，犯不着给人说闲话。"克欧也笑着说。

"你这个人无论什么事都向恶方面解释。 你放心吧。"苔莉也笑了，"你太看不起人了。"

克欧今天果然在苔莉家里吃晚饭了，和苔莉对坐着吃。吃了晚饭后一直谈到九点多钟才起身回去。

十二

再过了几天，克欧也接到了他的表兄的信。这封信是来报知他，他的姑母——国淳的母亲——于三星期前逝世了，母亲死了后的家庭再不许他有住 T 市的自由了。他希望克欧能在春假中送苔莉母女回乡下去。前几天晚上苔莉要和克欧商量解决的也就是这件事。

"看霞儿的爸爸来信的口气，他家里像还有人般的，若真另有女人时，我就没有回去的必要了。"

"……"克欧在这时候只能沉默着。

"你这个人一点勇气也没有。告诉我怕什么呢？人类又不是狗，又不是猫。这边姘一个，那边偷一个，也还像个人么？你也忍心看着我当狗当猫么？"

"我有我的苦衷。你该原谅我。因为我对你太亲密了。"

苔莉点了点头说：

"那你春假期中送我们回去么？你若回家去，我就跟你到乡下去看看也使得。如果他家里另外有人时，我就马上回 T 市来。"

"……"克欧只摇摇头。

"为什么？"苔莉睁着她的大眼望他。

"我们春假要到南洋旅行去，不得回家。"

"到南洋去？ 几时才得回来？"

"来回恐怕要费三四个月的时日吧。"

"要这么久？"苔莉很失望的问。

"要游历十多个埠头，各埠停留一星期也就要三个多月的期间了。 兼之来往的路程，恐怕要四个月以上的工夫呢。"

"那么我只好在 T 市等你吧。"苔莉的眼波红起来了，她低下头去。

"还要等一个多月呢。 我不是就要去的，你伤心什么？"

"迟早还不是一样去的。"苔莉的泪珠一颗一颗的掉下来了。

"你无缘无故的又伤心起来做什么？ 你该保重你自己的身子。"

"为谁？ 为霞儿？"

"也要为你自己！"

"我是前途完全黑暗的人了。"苔莉说了后再掉下泪来。

"那不能这样说！ 运命本来可以自己改造的。"

"真的么？"苔莉忽然仰起头来凝视着克欧。

克欧给她这一问，又觉得自己说得太快了。

"总之，我希望你以后对世情达观些才好。"

"我问你，前途没有希望，没有目标的人也能改造她的运命么？"

"到了有希望的时候，发见了目标的时候也未尝不可以。"

"那么，我就等那一天到来吧。 等到前途最有希望的一天，发见了目标的一天！"

克欧要动身赴南洋的前两晚到苔莉家里来辞行。 苔兰也由她母亲那边回来了。 一连下了两天雨，气温很低。 阿霞睡了，他们三个围着台上的一个洋灯谈笑。 苔兰有时参加几句话，她只把她的全副精神用在她的裁缝工事上。

"欧叔父，南洋不去不行么？"苔莉斟了一杯热茶给克欧。

"这回的商业实习是必修科目，要算成绩的。"

"学什么商业？ 你就专写你的小说吧。"

"对小说我还没有自信。 在中国想靠小说维持生活是很难的。 有一张大学的毕业文凭在社会上比较容易找饭吃。社会如此，没有办法的。"

"结局还是面包问题！ 面包问题不先解决，其他的问题是提不到来讨论的。"苔莉叹了口气。

"……"克欧只低着头。

"你们男人真没有志气！ 像我这样无用的女人也不至于饿死吧。 你们男人怕找不到饭吃么？"苔兰听见他们谈及面包问题，从旁插了这一句。

克欧唯有苦笑。

"你们男人的思想到底比女人长远。 男人的名利欲就比女人大。 无论如何重大的事物都不能叫男人牺牲他们的名利！ 我们女人就不然。 女人所要求的，在名利之上还有更重大的东西。"

"那是男女性上的根本的异点。 因为男人是主动的，女人是受动的。 女人的责任比男人的小的缘故。"

"那是什么东西呢？"苔兰抬起头来笑问她的姊姊。

"你做你的工夫！ 要你多嘴做什么？"苔莉笑骂她的妹妹。

"我告诉你好么？"克欧笑向着苔兰。

"也不要你多嘴！ 你莫教坏了天真烂漫的女孩儿。"苔莉再笑着禁止克欧说话。

过了两天，苔莉，苔兰轮抱着阿霞到 T 车站的月台上来送克欧。 苔莉洒着泪答应克欧替他照料社务后，火车就开始展轮了。

十三

克欧由南洋回到 T 市来了。 那晚上他在 T 江酒店的三楼上整晚没有睡，到了黎明时分才歇息了一会。 等到他睁开眼睛时，腕上的手表告诉他快要响八点钟了。

茶房打了脸水上来，他匆匆地洗漱。 洗漱完了就换衣服，他换上了一套潇洒的西装，戴上巴拿马草帽，提一根手杖走了出来。

他把房门下了锁，把钥匙交给那个茶房后一直向楼下来。

工商业繁盛的 T 市一年间遇不到几天晴明的日子。 坐在高深的洋房子里面看不见天日，所以昼间还是开着电灯的。 二楼比三楼更幽暗，晚来的电光还没有息。 扶梯下几个茶房东横西倒的，脸上在流着腻汗呼呼的睡。 二楼的空气也比三楼污浊，一股臭气——像由轮船大舱里发出来的臭气，直向克欧的鼻孔扑来，他快要呕出来了。

由旅馆出来后，在道旁站了一会拼命的吸取新鲜空气，他的精神也爽快起来。 几辆货车在街路上来往，还有一个卖豆腐的和两三个叫卖油条的小童。

他在电车路旁站了二十多分钟，有一架电车驶到来了。他跳上车去，车中没有几个搭客，一个老妇人，一个商人模样的三十多岁的男子，还有几个提着书包上学去的中学生。

电车在街路中央疾走，克欧望见两侧的店门什九没有开，电车到了仙人坡下，他换乘了驶向东公园的电车。 再过了二十多分钟，他站在东公园门门首了。 他在公园门左侧转了弯，穿过了几条小巷，走到 N 街来了。 全是民房，只有几间小店的 N 街是很寂寞的一条小街道。 克欧走进这条街路上来时心房就不住地颤动，同时发生出一种恋恋的心情。 他觉得这条街道的任何一家的房子，街道上的任何一颗沙石都是很可爱的。

一家小小的房子站在克欧的面前了。 他敲了门就听见阿兰的"来了"的声音。

克欧在厅前站了一会，踌躇着不敢就进苔莉的房里去。因为苔兰告知他苔莉还在睡着没有起来。 这时候阿霞由房里走出来。

"啊呀！ 阿霞长得这样大了！"克欧走前去把她抱了起来，他听见苔莉的微弱的声音了。

"请欧叔父进来坐吧。"

克欧抱着阿霞走进苔莉的房里来了，房里两个窗扉都打开着，空气很流通，光线也很充足，绝不像是病人的房子。

苔莉脸色苍白的枕在一个棉枕上。 她望见克欧，她的心房好像起了意外的激烈的颤动。 微微的惨笑在她唇上浮了出来。

他和她彼此痴望了一会都没有说话。 不是没有话说，大概是想说的话过多了，无从说起。 还是阿霞先开口给了他们一个开始说话的机会。

"欧叔父，带我到外头玩去。"阿霞只手揉着她的眼睛，张开她的小口连打了两个呵欠。

"欧叔父才回来，你就这样的闹，他以后要不来了！ 快下来，跟兰姨到后面院子里去玩。 安静点！"

"你的精神好了些么？ 今天身体怎么样？ 比春天就瘦减了许多了。"

双行清泪忽然由苔莉的眼眶流出来。 她低了头。

苔莉望见阿霞还在克欧腕上，她忙叫阿兰。 阿兰像在火厨下，不一刻走来了。

"你背阿霞出去买些点心回来。"她说了后又望克欧，"你早上起来没有吃什么吧。"

克欧也觉得有点饿了，点了点头。 可爱的阿霞听见买点心忙伸出双腕来转向苔兰要她抱。 引得苔兰笑起来了。 阿兰笑时和她的姊姊笑时一样的可爱。

十四

苔兰引着阿霞出去了。 只剩他和她两个人了。

"你坐吧。 你把那张矮椅子移到这边来。 坐近些，好说话。"苔莉说了后向克欧微微地一笑。

"说话多了，怕你的精神来不及呢。"

"我没有病了。 我的精神早恢复了，昨晚上听见你回来了，我的病就好了一大半了。"

克欧把那张矮椅子移近她的床前。 他不忙坐下，走到床前把这一面的帐门挂起来。 没有遮住的她的一双白足忙伸进回字纹褐色羊毛毡里去了。 她的脸上淡淡地起了一阵桃色，嫣然的向他一笑。 笑了后还是红着脸低下头去。

——你看这种态度，完全是个处女的态度！ 谁说她是做了人的母亲的！ 这种羞怯的态度多可爱，多娇媚！ 克欧望着苔莉，周身发热。 他想我们间的爱到了成熟期了，我该凑近前去搂抱她了。 她决不会厌恶我，这是可断言的。 作算她怕社会的批评不敢和我亲近，但她决不致使我面子上下不去，我今就鼓着勇气向她表示我对她的爱吧。 她决不会拒绝我吧。 平时她或因差怯而躲避，现在在病中的她，只能任我……克欧的心房突突的跳跃，周身也不住地胀热。

"苔莉！ ……"他只叫了她的名字，说不下去了。

苔莉仰起头来，把惊疑的眼睛望着他，待他说下去。 克欧给她这一望，双颊通红的反说不出话来了。 他这时候只不客气的把苔莉饱看了一会。 她的脸色苍黄了许多，眼睛的周围圈着一重紫黑的色晕，口唇呈淡紫色，鬓发散乱。 克欧想，苔莉的此时候的姿态在普通的男性眼中决不能算是个美人，但在我，除了她世界上再无女性了。 他此刻才明白他所渴望的完全是她的肉身，除了她的肉身之外，虽有绝世的丽姝也难满足他的渴想。

"尽望着人的脸做什么事！"苔莉恼笑着说。

"瘦是瘦了些，但是比春间更美了。"不可遏制的一种自然欲逼着他坐上苔莉的床沿上来了。 苔莉略向里面一退，让出点空位来给他坐。 她并不拒绝他的亲近。

"撒谎！ 病得不像个人了。 我自己在镜里看过来，完全由坟墓里再抬出来的死尸般的。 还有什么美！ 你这个人总不说实话，所以我……"苔莉说到这里深深地叹了口气，眼泪再扑扑簌簌地掉下来。

克欧看见她伤心，后悔不该随便说话。 他这时候真想不出什么话来安慰她了。 他想，能安慰她，同时又可以安慰自己的方法唯有趁这个机会——苔兰她们还没有回来——和她亲近亲近，最少，亲个嘴吧。

——不行，不行！ 无论如何这件事是做不得的！ 慢说这是种犯罪行为，现在怀有这种念头，自己都觉得太卑鄙了。 经这一吻之后自己的前途只有死亡或沉沦两途了！ 快离开她，我现在站在下临深渊的危崖上了。 ……但睡在他面前的苔莉像在向他不住地诱惑。 他又觉得自己的飘摇不定的精神，除了苔莉无人能够替他收束。 他的彷徨无依的心也非得苔莉的安抚不能镇静。

——迟早怕有陷落的一天，除非我们以后永不见面！ 但这是明知不可能的。 我们若尽维持着这种平温的状态，我们都要苦闷而死，这是预想得到的。 我们若再深进，在她还可以理直气壮；在我是要受人的指摘和恶评了。 恋爱这种无形的东西是很难用于抵御社会一般的批评。 作算我和她向社会宣布正式的同栖，在法律上虽是正当的行为，但在中国的社会不能不说是破天荒的创举。 到那时候有谁能谅解我们是恋爱的结合而加以同情呢？

苔莉看见克欧沉默着许久不说话。

"对不住，你才回来，我该欢喜才是。 你看见我这样愁眉泪眼的，很觉得讨厌吧。"她用袖口揩了眼泪后勉强的笑出来。

"那里！ 我把你引哭了，我才真的对你不住。 在病中的人，神经比较的脆弱，容易伤心。 这是于身体不很好的，你要自己留意。"克欧大胆着伸出只手来牵她的手。 她也不拒绝的伸出只手来让他紧紧的握着。

"手腕也瘦得这个样子。"克欧把她的袖口略向上撩，给几条青筋络着的苍白的手腕前半部在他眼前露出来了。 克欧还想把她袖口往上撩。

"啊啦！"苔莉脸红红地把臂腕往后缩，"这样脏，这样瘦，怪难看的。 我两星期没有洗澡了。"

"对不起！"克欧也脸红红的，"太失礼了。"

"我是不要紧的。 不过……"她的脸色更红润起来了，禁不住向克欧嫣然地一笑。

"你喜欢时，让你握吧。"她说了自己把只手的袖口高高的卷起，可爱的皓腕整部的露出来了。"你看瘦成这个样子，瘦得看不见肉了。"她红着脸避开他的视线。

"多美丽，多洁白的臂！"克欧也觉得自己太卑鄙了，但一种燃烧着的自然欲驱使着他摩抚她的臂腕。

两个人握着手沉默了一会，苔兰背着霞儿回来了。

十五

预想到未来的社会的制裁和非难，克欧终没有勇气向她有更深进的行为，也没有把自己对她的希望向她表示。 但自那天回来后，他感着异常的苦闷——在由南洋回航的途中，每想念她想念至兴奋的时候，自己也曾决心这次回到 T 市之后非拥抱她不可了，一切的社会的非难可以不听，未来的沉沦也可以不管，只要我们以为能度我们的有意义的生活，有人气的生活。 我已经达到这样的境地了——除了她活不成功的境地了。 恐怕她对我也是这个样子吧。

　　——不知什么缘故，一看见她，我的勇气就完全消失了。 无论如何，未得她的同意之前，总不敢向她有握腕以上的行为。 握腕是得了她的同意的了。 她不是早向我表示了么？"你喜欢时……"不是对我表示她的同意么？ 克欧那天下午回到 T 江旅馆来后在床上翻来覆去的想，觉得自己今天是错过了机会了。 坐在她的身旁边，握着她的腕，距苔兰回来还有半点多钟的时间，她的病也好了大半了……我真错过了机会了！

　　——你这个人真无耻！ 你怎么会发生出这种卑劣的念头来？ 乘她在病中去强要她，这还是个人干的事么？ 幸得对她还没有什么粗暴的举动，不然她以后要看不起我了，要鄙视我了。 不，不，她决不会看不起我，作算我对她有什么表示……她不是说"你这个人太本分了，一点没有勇气"么？自己反问她"什么事"时，她不是说"你像个感觉很迟钝的人"，说了后叹了口气么？

　　克欧翻来覆去的想了半天，到后来还是觉得机会太可惜了。 他想，苔莉现在定在流泪呢，她恨我不能理解她，拒绝了她的表示，不和她亲近，不和她拥抱，不和她接吻……的确，她是在渴望着男性的拥抱。

克欧又想到临走时苔莉和他说的话了。

"你就搬过来住吧。 空租社的房子，多花费。 并且霞儿的爸爸也同意，他看见我决绝地不回乡下去，只得让我母子住在 T 市，他说过了年定出来看我们，要我请你搬过来住，有什么事发生时家里少不得男人的。"

"让我考虑一下。"

"考虑什么。 你怕我么？ 你放心吧，决不侵害谁的自由的。"苔莉笑着说。

"不是这样说法。 不过……"

"不过什么？"苔莉紧追着问。

"我和你们是亲戚，并且我和你也太亲密了。 我们虽不至于做出不能给人听见的事来，但恐怕社会还是要猜疑我们的。"

"那你以后再不来看我们了，是不是？"

"来看你们是很寻常的事。"

"那么，我们只问我们的良心。 能不能给人听见，能不能给人知道，我们是无能过问，也可以置之不理的。 我们只问我们心里有没有不能给人知道的念头。 有时，难怪社会猜疑；没有时，不怕社会的猜疑。"

克欧禁不住双颊发热起来。 他想自己还是想搬来的，自己的心早握在她的手中了。 他又想自己太卑怯了，赶不上她的诚挚，也不能像她一样的有勇气。

——我爱她是很正当的！ 怎么我这样的卑怯怕给社会晓

得呢？ 你爱她不算罪！ 你想不给社会知道密地里爱她，这才是罪！ 还没有决心完全对女性负责任以前，你是不能向她表示爱，也不能要求她的爱！

"苔莉，我不再对你说谎了，我实在有点爱你。 我搬到你这里来就像住在喷火口旁边，迟早要掉进火口里去的。 到那时候怎么办呢？"克欧很想说出这几句话来，但握着她的上半腕时打了一个寒抖，默杀下去了。

紫苏社的几个友人星散了也是一个原因。 并且苔莉说社里的一位 S 君对苔莉常怀着野心，对苔莉有过不自重的表示；这又是一个原因。 克欧实在不想回学校的寄宿舍去住。他在 T 江酒店住了两天之后到第三天跑到苔莉家里来复信，等她病完全好了后他就搬过来。

十六

病后的苔莉比从前的风姿更娟丽了。 替克欧扫除房子，替他整理书籍，替他折叠衣服，一切操作都由她经手，决不让给她的妹妹做。 望着殷勤地操作的苔莉，克欧觉得她又另具一种风致——年轻主妇所特有的风致。 她洒扫着在他面前走过时，就有一阵香风——能使他沉醉的香风向他的脸上扑来。

一天早晨克欧抱着霞儿从外面散步回来，看见苔莉在他的房里替他整叠被褥，叠好了被褥后又把克欧换下来的衣服一件一件的拿出去浸在水盆里。 过一会又由厨房里拿了一把扫帚进来替他扫除房子。

"妈妈，休息休息吧。"克欧替霞儿喊苔莉做妈妈了。

"啊呀，啊呀。 俨然主人公的口气了。"苔莉笑说了后，红着脸看了一看克欧，随即低下头去。

克欧才觉得自己太不谨慎了，也双颊绯红的。

苔莉像知道克欧不好意思。"就不认识我们的人来看，也不相信吧。 这样老的主人婆不会有这样年轻的主人公吧。他们都会猜我们是姊弟吧。 是的，前几天邻街的邹太太过来玩，她看见你也是这样的问，问我，你是不是我的弟弟。"苔莉笑着说。

"我就叫你姊姊吧。 叫表嫂就不如叫姊姊方便些。 以后，我就叫你姊姊了。"克欧也笑着说。

"你不见得比我年轻吧。 你是乙未？"

"不，属马的。"

"那么，我还比你小一岁，外面上看，我就比你老得多了。 是不是？"

"不见得。"克欧摇摇头。"你还像个十八岁的观音菩萨。"他笑着说。

"等我过来撕烂你的嘴。"她真的笑着走过来，伸手到他的脸上来。 克欧忙躲过一边。 苔莉又赶上去。 她笑得腰都酸了，走近他的身旁，伏在他肩膀上还不住地笑。 那种有刺激性的香气熏得克欧像吃醉了般的。 他若不是抱着霞儿，早就拦腰把她抱近胸前来了。

霞儿看见她的母亲笑，也跟着笑。 听见苔兰由火厨里出来的足音，苔莉忙离开他的肩膀，从克欧手中把霞儿抱了过去。

——她的表示不单过于急进，也很大胆的。 我的运命已经操在她的手中了。 一切任她自然而然吧。 人力是有限的，你只有两条路可走了，不即日离开就快一点向她要求你的最后的要求吧。 这种不冷不热的态度决不是个办法。

"菜弄好了？"克欧听见苔莉问苔兰，才从默想中惊醒过来。

"都好了。 你们到外面吃饭去吧。"苔兰抱着一个饭甑向厅前来，他们也跟了来。

克欧坐在苔莉的对面，占有主人的席位。 每次吃饭时，他觉得他像个有了家庭般的人了。 对苔莉只差一步的距离，但由不认识他们的一般人看来，他完全是她的丈夫了。

吃了早饭后，他挟着书包上学去。 苔莉抱着霞儿送出去。 他们走出 N 街口来。

"霞儿，回去吧。 欧叔叔去买东西给霞儿，即刻就回来。"

霞儿那里肯听她的母亲的话。 她一面挣扎一面哭说要跟克欧去。

"不得了！"苔莉抱着霞儿再跟了来。 街路上的人在望他们。 克欧有点不好意思。 但他看苔莉的态度是很自然的。

"你家的老爷在哪一家公司办事呢？"街路旁的一个老妇人在问苔莉。

"不是到公司里办事。"苔莉很自然的答应那个老妇人。但她并不辩证——并不辩证他不是她的丈夫。

"那么，到衙门里去的？"

"到学堂去的。"

"真幸福，有这么年轻的老爷。"老妇人说了后自跑了。

苔莉只红着脸向克欧微笑。克欧也脸红红的只低着头向前走。

苔莉抱着霞儿送克欧到电车路上来了。那边来了一辆电车。他要上车了，他大胆的走近苔莉身边向霞儿的颊上吻了几吻，他的鼻尖几次触着她的右颊。

"霞儿，欧叔父要去了哟。"

一阵暖香扑向克欧的鼻孔里来。若不是站在大马路上，他定搂抱着她亲吻了。他坐在电车里如痴如醉般的，他想，那时候马路上并没有什么行人，不该错过了这样好的机会的。

十七

那天下午还没有到两点钟他就赶回来了。他觉得过了三四个时辰看不见她时，心里就不舒服起来。

——我终于陷落了！

克欧回到 N 街时，打开门迎他的不是别人，就是他在切想着的苔莉。 他在途中就想今天回去决不再顾忌什么了，定要求她接吻了。 但是苔莉才打开门，只望了望克欧的脸后忙躲在一边。

——她像知道我对她想有什么表示般的。 平时她就不是这样的远远地躲开的。 莫忙，等一会她要送开水到我房里来的，那时候再拥抱她吧。

克欧望了望她就回房里来。 她始终微笑着不说一句话。他把书包放下，把长褂子除了，就往床上斜靠着被堆躺下去。 他周身发热般的焦望着她进来。

——最好不要抱着霞儿进来。 抱着霞儿进来时就有点麻烦了。 她在黑夜里苔兰和霞儿睡熟了后也曾到我这里来坐谈过。 她问我要不要热茶喝，也问我要不要点心吃。 她也在这床沿上和我并坐过来。 我握过了她的手，我摸过了她的背，我的只手也曾加在她的肩上，她也曾斜着身躯靠到我的肩膀上来。 那晚上我何以会笨得这个样子，把好好的机会错过了。 那晚上我何以会这样的胆小，不趁那个机会搂抱着她要求接吻。

克欧等了好一会，还不见苔莉到自己房里来。 他想，平时我由学校回来，她定跟了进来的。 怎么今天像预知道自己另有心事般的故意不到自己房里来。 他等得不耐烦了，不能不由房里踱出来。 他听见她进厨房里去了的，他满脸红热的走到厅后的门边来。 同时他也感着一种羞耻。 他喊了她一声后，她在厨房里答应了，但不见出来。

"阿兰呢？"

"上街买菜去了。"她还是在厨房里答应，不见出来。

"霞儿呢？"

"睡着了。"

克欧想进厨房里去。 但马上又觉得这种行为太可耻了，并且他感着自己的两腿忽然的酸软起来不住的颤动。 他终没有勇气到厨房里去。

"你在里面做什么？"他的声音颤动得厉害，他背上同时感着一个恶寒。

"烧开水。"她还不出来。

"你来！ 我有件事告诉你。"

"什么事？"她走出厨房门首来了，但不走近他的身旁。她微歪着头向他媚笑。 她的态度半似娇羞，半似暗暗地鄙笑他。

"请到我房里来！"克欧的声音愈颤得厉害。 他这句话差不多吐不出来。 他的胸口像给什么东西填塞着，呼吸快要断绝了般的。

他回到房里来了。 她虽然跟了来，但在房门首就停了足，不进来。

"你为什么不进来？"克欧坐在床沿上再颤声的问她。

"……"她只脸红红的微笑着低下头去。

"进来吧！"

"我害怕！"

"害怕什么事？"他有点恨她了。

"这房子里除了我们，再没有一个人，我有点害怕。"

"那么你怕我？"

苔莉点了点头。

"你今天回来得特别的早，你的眼睛也比平日可怕。 我怕看你的眼睛。"

——啊！ 我的眸子已经把我今天的心事表示给她看了。我错了，我不该对她怀有这种奢望的。 她真的像爱她的弟弟一样的爱我吧。 我不当对她有不纯的思想的。 她不能像我爱她一样的爱我。 这完全是我观测错了的。

克欧虽然这样的反想了一会，但他周身还是像燃烧着般的。 站在房门首的苔莉今天在他的眼中就像由月宫里降下凡尘来的仙女。

他跑近她的身旁来了，她想躲避已来不及了。

"给我一个……"他搂抱着她了，把嘴送到她唇边来，但她忙用只手掩着口，把脸躲过一边。

"不好，不好的。 克欧，快不要这样！"

她给了他一个——不是 Kiss，是一个大大的失望！ 他脸色苍白的退回到床前躺下去了。

十八

那晚上的晚饭时分，他就不想出来陪她们吃，但他说不出不吃饭的理由来，经苔兰再次的催促，他只好出来陪她们吃。每天吃饭时都有两个美人陪着他吃，和他很多说笑的。可是今天他和苔莉都默默地吃，一句话也没有说。苔兰看见他们不说话也不便提出话来说，她也默默地提起筷子来把饭向口里送。

克欧今晚上少吃了一碗饭。吃完了第一碗饭就回房里来。过了一刻，他穿上了外衣走出来。

"我今晚上怕不得回来。"他望着苔兰说，他再不看苔莉了。

"到什么地方去？"苔莉忙站起来问他。

克欧像没有听见苔莉的话，急急地走出去了。苔莉痴望着他出去，她觉得刚才的确太使他难受了。

——他回来时依了他吧。怪可怜的小孩子。自己也是这么样希望着的。迟早是要给他的……她看不见克欧的后影还在站着痴想。

"姊姊，什么事。他为什么气恼得话都不说了？"

"谁知道他！"她虽然这样说，但同时感着一种酸楚。

苔莉像有些知道近来她的姊姊和克欧间的空气有点不寻常，也不再追问了。

　　听见霞儿醒来了，苔莉忙回到自己房里来。 霞儿过了两
周岁了，但还没有断奶。 她解开衿口把乳房露出来便回忆到
克欧才搬了来没有几天的一晚上的事了。 他初搬了来，一连
几晚上她都抱着霞儿到他房里来玩，有时喂着乳走进来。

　　"这么大的乳房！"雪白膨大的乳房给了克欧不少的诱
惑，他失口赞美起来了。

　　"现在没有奶了，不算得大。 霞儿还没有满周岁时比现
在还要大。 你看，现在这样的松了。"她一面说一面把第二
个乳房也露出来。 这时候她是半裸体的状态了，这时候克欧
也壮着胆子过来按了按她的乳房。

　　"不紧了，是不是？"

　　克欧这时候像吃醉了酒，说不出话来，只点点头。 他乘
势伸手到她的胸口上来。

　　"不行！ 讨厌的！"她笑恼着说。 他忙把手缩回去。

　　苔莉回想到这一点，她对他感着一种不满足。

　　——他太怯懦了。 我的表示拒绝何尝是真的拒绝他。
我是想由我这种拒绝引起他对我的更强烈的反作用。 但是他
一碰着我的拒绝的表示就灰心了，就不乐意了。 他这种怯弱
的态度，不能引起人的强烈的快感的动作，未免使人失望。

　　她愈想愈兴奋起来。 由克欧又联想到胡郁才来了。 论
肌色，小胡比克欧洁白，由一般人看来都肯定他是个美男
子。 论岁数，也比克欧年轻。

　　——他比克欧的胆子大得多了。 他对苔兰对我都是一样

不客气的。 那个人除非莫表示，表示了后就非达到目的不可的。 在电映戏场里并坐着就常常伸手到人的腰后或胸前来。有一次他也和今天的克欧一样要求我的接吻，我也拒绝了他，但他死不肯放手，用腕力来制服我，把我的颈部紧紧的搂住不放，触着了我的唇才放手。 他的举动的确比克欧强烈。 但他平时的举动和说笑时就没有一种男性美。 并且周身涂着香粉，时时发出一种女性臭味。 看他就俗不可耐的。他这个人始终嬉皮笑脸的。 他像永不会发怒的。 他这种人是没有做家庭的主人公的资格。 他只图性欲的满足吧。 暑假期中他竟跑了来向我做最后的要求。 自从那次给我斥退了后，他许久不来了。 现在克欧搬来了，他更不愿来了吧。现在想来，他的痴狂的状态，强烈的举动，当时虽然有点讨厌，但过后想来也有耐人寻味的地方。

苔莉早就想由克欧和小胡两个人中拣一个做永久托身的人，她是迟疑的先拣了克欧。 不幸的就是名义上和克欧是亲戚，在社会上由这样的名义就发生出种种阻碍——他们俩间的恋爱阻碍来。 若拣小胡，那就很神速的可以成功，社会也不能加以不道德的批评。 不过小胡太年轻了，恐怕将来两人间发生出岁数的悬隔——容貌的悬隔时，就无幸福可言了。第二是小胡缺少男性的勇气。 她恐不能长期间尊奉他为一家庭的主人公。 等到发见了他无做家庭之主的资格时，以后的家庭幸福就难维持了。 第三小胡虽然貌美，但没有一点风雅的态度，对文学的理解一点也没有。 对文艺没有一点理解的人就失了人生的真意义了。

——还是等克欧回来时，允许了他吧。 苔莉这时候觉得克欧是她的唯一的爱人了，在这世界里再找不出第二个理想的男性来了。

十九

苔莉近来感到性的寂寞了，由性的寂寞就生出许多烦闷来。 受了这次克欧给她的刺激后，她的性的烦闷更深也更难受了。 她几次都想自动的向克欧求性的安慰，但恐怕遭了他的意外的轻视。 并且翻想一回又觉得女性是不该有此种无责任的享乐。 一句话，她是渴望着克欧给她一个保证——以后对她的身体完全负责任的保证。 她得了这个保证时，她的身体也就可以一任他的自由。

克欧一连两天不回来，苔莉就有点着急。 但也没有方法，自己又不便出去到他的友人处打听他的行踪。

——他总不至因这小小的事件自杀吧。 他真的自杀了时，就可以证明他是爱我到极点了。 那么他死了后，我也可以为他死。 最少，我是不再和别的男性同栖了的。

但是到了第三天的下午，克欧回来了。 苔莉姊妹都微笑着出来迎他时，他也不能不以微笑相报。

"这几天到哪里去来？ 又到什么地方去旅行了么？"克欧常常说要旅行，也曾邀苔莉一同旅行去，所以苔莉这样的问他。

当着她的妹妹的面前，他不能不答应她了。

"S 港。"

"真羡慕！ 秋的海滨，很好玩吧。 我也想去走走。"克欧只笑了一笑向房里来，苔莉把霞儿交给苔兰抱，自己跟克欧进来。 苔兰抱着霞儿往后院里去了。

他和她一同走进房里来时，她走近他面前要替他除外衣。

"不，我自己会……"

"你还在恼我么？"苔莉笑着问。

"不，我恼你做什么？"他也笑着说。

"但是你走了几天了，你的脾气我真怕。"她把他的外衣解下来就在他的床上替他折叠。 一种有刺激性的香气又把他包围起来了，他像块冰消融在温水里面了。 他禁不住坐近她身旁来。

"早晓得你会气恼到这个样子，我该给你……"她说到这里仰起头来向他嫣然的一笑。

"什么？"他像没有听见她说的话，又像故意的反问她。

"啊啦，你还在装不知道。"她把他的外衣叠好了，远远地坐在床沿的那一边。

"什么事？"

"前天的事你忘了？"苔莉凑近他，差不多和他膝部接膝部的了。 出乎她的意外的就是他像无感觉般的对她迟迟的无表示了。 他只痴望着她的脸。

"你前天不是对我……怪不好意思的。"她低下头去。

但克欧只摇摇头。 这时候她反觉愕然。 她深信他的心
是一天一天的向她接近，怎么忽然的发生了一重薄膜呢——
在他俩的心房间发生了一重薄膜呢？ 她想，非快叫他恢复从
前的状态不可，非把才发生出来的薄膜除去不可。

她的一双皓腕揽在他的颈上了，把有曲线美的两片红唇
送到他的嘴上来。 更使她惊骇的就是他像她前天拒绝他一样
的拒绝她了，他忙把她的脸推开。

"片面的爱是终难成立的！ 你并不爱我，并不是诚挚的
爱我，你是怕我恼你才爱我的！ 有何意义？"他很残酷的对
她说了后，他也知道自己所说的话无成立的理由，他也想马
上把她搂抱过来狂吻她。 但他觉得就这样的恢复原状是太便
宜了她，自己也不能得满足的强烈的快感。 就这样的和她讲
和，那么我们的爱只是微温的爱，我所感到的快感也只是微
温的快感。 要我们间的爱促进到沸腾点时，非对她加以相当
的虐待不可，要我们所感知的快感达沸腾点，就要她在痛哭
中把她紧紧的搂抱着和她接吻。

"你这个人真残酷！"苔莉还不松手，只手揽着他的颈，
把头枕在他的肩上来。 她流泪了。

他望着她流泪，心里感着一种快感——能使他的五脏松
懈的快感，同时他觉得自己的心理完全是变态的。 但他还更
进逼一步。

"你喜欢小胡吗？"说出了后他才后悔。

"什么话！"她流着泪站了起来，她想走出去。他也忙站起来捉着她的臂不放她走。她倒在他的胸上哭出声来了。

"你这个人真残忍！"她的肩膀不住地抽动。

"决不要哭！给阿兰看见了不是个样子。"他仍坐到床沿上来，她此时被抱在他的怀中了。

"不，不怕她。她早晓得我们的态度不寻常了。"

此时候他觉得苔莉完全是他的了。世界上再没比坐在他怀中的苔莉可爱了。

不一刻他的舌尖上感着一种粘液性的温滑的感触。

二十

克欧自和苔莉亲吻之后觉得自己完全是个罪人了。

——这是一种偷窃的行为，是一种罪。欲赎此罪，非早对她表示负责任不可，非向她求婚不可！他抱着她在狂吻了一回后低声的："你能不能答应和我结婚？"他诚恳地说了后再和她亲了一个吻。

"你有这种勇气？此时还谈不上吧。结婚？全是骗女人的一个公式！这公式是靠不住的。我和你的表兄很尊严的举行过结婚式的。要什么结婚不结婚？不是一样么？我和你更要不到……"她说到这里不再说了。

"可是我们怕不能这样的就算个结局。"

　　"听之自然吧。　真的到了非结婚不可的时候就结婚也使得。"

　　"……"他更把她紧搂近胸前来。

　　但是苔莉觉着克欧对她有比接吻以上的要求了，她忙摇了摇头。

　　"我们慎重些才好。　我们莫太早把纯洁的爱破坏了。　我们该把它再扶植长了些。"苔莉自己也不知什么缘故，她总直觉着克欧不是个能在社会上承认她为妻的人。

　　克欧听见她的否定的回答忙缩了手回来。　他感着自己的双颊热得厉害，也觉得自己的这种摸索是太卑鄙。　他同时发见了他自己的矛盾了。　他一面对苔莉表示爱，一面又瞒着苔莉默许家里人替他在乡里向他方面进行婚事。

　　——故乡的社会谁都知道，也承认苔莉是白国淳的第三姨太太。　谢克欧娶白国淳的第三姨太太做正式夫人了。　他像听见乡里人这样的讥笑他。　他愈想愈没有勇气向她求婚了。

　　——名誉是不能为恋爱而牺牲的。　恋爱固然神圣，但社会上的声誉比恋爱更神圣！　换句话说，男人为自己的将来事业计，就牺牲他的心爱的女性也有所不惜。　谁也不能否定我们俩间的恋爱。　但是她背后的确有一个暗影禁止着我和她正式结婚。　她是霞儿的母亲！　她是白国淳的第三姨太太！她不是个处女了！

　　克欧那晚上和她们共一桌子吃晚饭。　他不敢望她们的脸。 他尤不敢看苔兰。 有时苔兰望他一望，他就觉得他和她的一切秘密都给苔兰晓得了般的，他的双颊又在发热。 苔莉也很少说话了。 她只低下头去吃饭。 她觉得她的头壳比平时沉重，不容易抬起来。 她尤怕看克欧的脸。

秋深了，晚饭后穿着一件衬衣，加上一件单长褂走出来的克欧感着点冷。 他低着头在弯弯曲曲的接续着的几条暗巷里走。 他像犯了罪——不，他的确犯了罪，意气消沉的低着头向前走。

——不该的! 燃烧着般的热爱给这一个接吻打消了。不是给接吻打消了，是给接吻后的反省遏止住了。

他快走到最后的连接着电车路的巷口来了。 他远远的望见由电车路射进来的灯光，他的精神也稍稍恢复了点。

"喂! 克欧!"

克欧忙抬起头来看，虽然背着光，他认得拍他的肩膀的是个同乡陈源清。 他心里觉得很对不住这个友人，也很不好意思看见他。

"你到哪里去?"

"来看你的。"

"我就要到你那边去的。"

陈源清是省立大学的预科生，住在大学后面的一家宿舍里。 由 N 街乘电车去只要半个钟头，也不要换乘电车。

"那么到谁的家里去呢?" 陈源清苦笑着说。

克欧本想回折来。 但后来一想万一源清谈及那件事，给苔莉听见了不方便，尤其是今天更不方便。

"我们到 G 马路的咖啡店去喝红茶吧。"

"也好。"

他们便一同走到电车站上来，只等了一刻，一辆电车到来了。吃晚饭时分没有几个搭客。他们走进来，各占有了相当面积的席位。才坐下来，车就开行了。

"老谢，刘先生答应了，他一回到家里就叫他的小姐寄张相片来给你。"

克欧听了源清这一句话，虽然好奇心给了他一点儿的快感，但一思念到今天下午的犯罪，胸口就痛痛地受了一刺。他敌不住良心的苛责了。他只低着头微微的勉强一笑，想不出什么话来回答源清。

二十一

电车路两旁的电柱上的电灯都给一大群的飞蛾包围着向他们的后面飞过去。

"求婚，求婚。论理只有男向女求婚，没有女向男求婚的，你算是个特例，不要等到她的相片到来，你也寄一张相片给她吧。"陈源清笑着说。克欧只摇了摇头。

"要女人方面先寄相片本来是很难做到的。她寄了来，你看了后说不要时，在她是很难堪的事，要受人嘲笑的。不过刘老先生很夸赞他的女儿，他说他相信你一定不会拒绝他的女儿的。 并且我也替你做了个强硬的担保，所以答应叫他的小姐先寄相片来。"源清像在向克欧夸功。

"刘先生什么时候回乡里去？"

"还有几天。 教育厅那边的事交涉定妥了后就动身回去。"

源清完全猜不着克欧的心事，他只当克欧盼望刘小姐的相片早日寄来。

——叫他辞绝刘先生吧。 也叫他不要再替我斡旋这一门的婚事吧。 真的把婚约订成了时就害己害人——连害了三个人，但是无论如何想不出谢绝的口实来。 并且对这位热心着为我做成的友人实在不忍使他失望。 真的决绝地谢绝他们时，不但要引起他们对我的怀疑，并且也会减损我们间的友谊。 等到刘小姐的相片寄来时再想个口实把这件婚事搁下去吧，最好是望刘小姐害羞不寄相片来。 他坐在源清的身旁低着头沉思了一会，再抬起头来望望源清的脸色。 他和苔莉间的秘密——今天下午接吻的秘密像给源清晓得了般的。 他想向这位友人提一提苔莉的事，表示他对她是很坦白的。

"苔莉也很可怜。 她常一个人流泪。"克欧说了后故意的叹了口气。 但他随即又觉得自己太可怜了，犯了罪要在朋友面前作伪，太可怜了。 幸得是晚间，电车里的电灯也不很亮，源清没有留意到他的脸红。

"她的确太可怜了。 久留在这里也不好，但回乡里去恐怕又有风波。 一家里怎么能容得下三四个女人！ 国淳也太无责任了。"

"他近来很少信来了。 家里有了女人，像把苔莉忘了。 苔莉说只要他按期把生活费寄来，他不和她同住也算了。 能给一笔资金她做生意更好。"

"女人有什么生意好做？"

"她说，她想开一间小小的杂货店，带她的妹妹和女儿度日。 她的妹妹又会替人裁缝，也有相当的收入。"

"国淳前星期来了封信给我。 他要我托你带她回乡里去。 他说，苔莉回去和他家里几个女人不同住，另外分居也使得。 是的，我忘记告知你了，他对刘小姐的事也很替你出力呢。 他叫他的大太太去向刘太太说，称赞你如何好，如何好。"

克欧听见了这些话，心里更觉难过，但他此时只能摇摇头微笑。

"看她无论如何都不情愿回乡里去。 很坚决的。"

"那以后的问题不是我们调停人所能解决的了。"

——我或者就是解决这个难问题的人，只要向社会说一句话——宣布和她结婚。 不过这样的解决太便宜了国淳了。

二十二

刘老先生是 N 县中等商业学校的校长。 他是个老秀才，没有什么商学的知识。 因为他做这个学校的校长有七八年了，在县里的声望也还好，以后进的商科专门毕业生又都是他的门下生，所以得保持他的校长的位置。 克欧在 N 县的社会上本有点虚名，听说明年就可在商科大学毕业，刘老先生很想克欧毕业后回县里去帮他办学，做甲种商业学校的教务长。 刘老先生因为学校的事件每年要到 T 市来几次和教育厅接洽。 他认识了克欧，觉得克欧的人才外貌都还好，所以托了他的学生陈源清替他的小姐做媒。 明年刘小姐也可以在县立第三女子中学毕业。 在 N 县，刘小姐可以说是数一数二的才貌兼备的女性了。

源清初次把刘先生的意思告知克欧是在克欧赴南洋修学旅行以前。 当时克欧没有完全答应，也没有完全拒绝，他的最初的态度就有点暧昧。 他只说等由南洋回来后再谈。 那时候他的心里也有点活动，因为他在乡里时就听见刘小姐有相当的美名。 并且那时候他也没有意料到他和苔莉间的爱会深进至这样的程度。

由南洋才回来 T 市没有搬到苔莉家中之前，源清伴着刘先生特到 T 江酒店来访他。 这时候恰好刘先生因为学校的事件来 T 市。 他看见刘先生的诚恳的态度，并且是自己从前的受业师，当然很难推却，当时胡乱附加了几个不重要的条件就答应了。 要刘小姐寄相片来也是这时候提出的条件中之一。 他意料不到刘老先生很爽快的容纳了他的一切条件。

一方面思念着苔莉一方面又向刘小姐进行婚事，克欧觉得自己的矛盾，同时良心上也发生出一种痛苦来。 听说刘小姐长得很标致，但到底未曾会过面，无从生出思慕来。 苔莉近在咫尺，又是旧识，正在性的孤寂生活中的克欧每到苔莉那边去谈谈就得了不少的安慰及快感。 自那天探病回来对苔莉的爱慕愈深。 并且苔莉的皓腕一任他抚摩之后，每日沉醉着想和苔莉亲近之心愈切，想和她亲近多享受些这种神秘的快感。

克欧从咖啡店别了源清回来苔莉家里时已经十一点半钟了。 提着一盏小洋灯出来开门迎他的就是苔莉。

"阿兰、霞儿都睡了？"克欧望见换上了睡衣的苔莉，并且在这黑夜里只有她和他两个人相对，他站在她面前就感着一种刺激。

"早睡了。"她像留意到今天下午的事很不好意思的只管低着头。 她的可怜姿态又把他的心挑动了。

"你就要睡了？"两个人同上到厅前来。

"不，有什么事？"她虽然望了望他的脸，但总不见平时她所特有的微笑在她脸上浮出来。 她的眉头紧锁着。

"不到我房里去坐坐么？"

"……"她看了看他的脸就低下头去不说话。

"怎么样？ 你要睡时我也不勉强你。"他再笑着说。

"不，我还不得睡。 有件小衣服没有缝成功。"

"那么，拿到我房里来缝。 霞儿一时不会就醒吧，我喝了点酒。 一点睡不下去，很寂寞的。 你过来谈谈吧。"

苔莉只点了点头。

——因为有了今天的记忆，她就变成了这样忧郁的人了么？那么她在后悔了，后悔和我亲吻了？克欧一面想，一面先回到自己房里来。

他回到房里后，开亮了电灯，就换衣服。换了衣服喝了一盅茶后，再坐等了一会还不见苔莉进来。他不得已再走出来看时，她一个人凝视着台上的小灯痴站在厅前。

"不进来谈谈么？"

"唉……"她心里像有迟疑不能决的事。她还不动身。

"要来快点来！"他的态度像有点忍耐不住了。

"……"她像怕他发怒，忙移步向他房里来。

克欧看见她来了，先退回房里来在床上躺下去。她只站在近门首的台旁边不走近他。

——怎么只半天工夫她完全变了！自经我的接吻的洗礼后，她就变为驯服的羔羊了。他望着她的忧郁的姿态愈觉得动人怜爱。浅红色的睡衣短得掩不住纯白的裤腰，短袖口仅能及肘。曾经他多次抚摩的一双皓腕在电光下反射着，愈见得洁白可爱。

"过来坐吧。"

她点了点头，走过来坐在床沿上，只向他微微的一笑，一句话不说。她像下了决心般的，她再不畏避他了。她想迟早总是有这样的一幕。管他以后对自己负责不负责，就现在的状态论，自己是在沙漠中旅行的人，他是在沙漠中不容易发见的清泉了。明知以后非离开它不可，但现在不能不尽情的一饮，消消自己的奇渴。

"今天很对不起你了，对你很失礼的。"

"不，我对不起你了。 有一点不觉得什么。 完全是我累了你，使你心里不舒服。"她低着头很正经的说。

"那么你不会把今天的事告诉人?"他虽说是故意和她说笑，但同时也觉得心里有点卑怯。

"我是靠得住的，不知道你怎么样?"她忽然的笑了。

过了一会，她继续着说：

"但是我们的关系以后太深进了时，恐怕瞒不住注意我们的旁人吧。 你怕人知道?"

他硬着胆子摇了摇头。 他本来就喝了点酒，兴奋极了。他坐起来把她搂抱住了。 他和她像今天下午一样的互相拥抱着接吻——狂热的接吻。

"我们同到什么地方旅行去好么?"

她只点点头。

"那么，到 S 港去好么? 到旅馆里时共住一个房子的。"

"我一点不要紧。 只怕你以后要后悔。"

"到了这时候还有什么话说。 我本想保持着我们的纯洁的恋爱。 纯洁的恋爱以接吻为最高点。 但是现在……"

"纯洁的恋爱是骗中学生的话。 所谓恋爱是由两方的相互的同情和肉感构成的。"

"那么……"

"讨厌！"她忙推开他。

他真梦想不到他会这样快的陷落下去。

她在他房里一直到午前的二点钟前后才出去。

"那么，明天晚上！"他望着她微笑着轻轻地回她的房里去了。

二十三

克欧第二天起来时已经响过了九点了。 苔兰到裁缝匠家里去了，只剩苔莉母女在厨房里。 她听见他起来了，忙走出来到他房里去取脸盆和漱盂。

"今天不上学？"她双颊绯红的低声的问他。

"我打算请假几天。"他也笑着说。

"为什么？"她睁圆她的大眼问他。

"舍不得你。"他笑着说，"才成婚呢，就能离开么？"他笑着过来把她搂抱了一刻。

"啊啦！ 不得了！ 你晚上不是在家么？"她满脸绯红的。

"阿兰在家里总不方便的。"

"……"她自从一身的秘密通给克欧晓得了后，比平时更觉温柔了。 她对克欧的要求像始终取无抵抗主义般的。 因为他的新鲜的青春之力——强烈的肉的刺激在她身上引起了比国淳给她的更强烈更美满的快感。 她不单精神全受着他的支配，现在生理上她也是他的奴隶了。

克欧一个星期间不上课了。 苔兰每天下午回来只当克欧是比她先回来的。 他一星期间不曾外出一步，整天的昵就着苔莉的身旁。 苔莉除了背着霞儿出去买菜外也足不出户的。

"我们到什么地方度蜜月去吧！"克欧一天这样向苔莉说笑。 因为他觉得在苔莉的家里总不能尽情的欢娱。

"为什么？ 在家里不是一样么？"

"但是每天早晨起来看不见你，我总觉得是美中不足。"

"真的，我也这样的想。 苔兰下星期因事回母亲那边去住一星期，你就到那边睡吧。"苔莉姐妹和阿霞是同在里面房里的一张床上睡的。

"但是只剩我们俩，左侧右面的邻人不会猜疑我们么？"

"你怕人猜疑？ 他们早就有闲话了。 苔兰亲耳听见下街井旁的老妇人说我乘丈夫不在家偷汉子呢。"

"真的？"克欧听见这句话心里已经万分羞耻了。 看见苔莉的泰然的态度，更觉羞愧得难受。

——那么我是个奸夫了！ 她呢？ 她对她的丈夫尚有理直气壮的主张！ 我？ 有什么面子去见表兄呢！ 我做了她的牺牲者了！ 到这时候还有什么话可说！ 我们只有享乐，饮鸩般的享乐！ 我趁早觉悟吧！ 和她说明白，得她的同意后分开手吧！ 但是现在的我，沉醉于她的肉中的我舍了她还能生存么？ 还有人生的意义么？ 我在精神上肉体上都是属于她的了。

"你在想什么哟？"她走过来坐在他的怀里。

"没有什么。"他只摇摇头。

"你怕他们说你的闲话？"她问了后脸上显出不舒服的样子。 他马上直觉着她是在希望社会能够早点知道他和她的关系。 并且他知道她看见他怕社会的非难就怀疑他是对她要求不负责任的享乐。

"怕什么！"他勉强支持起勇气来，"就死我也不怕，还怕什么？"

一接触她的肉，他又陷于沉醉的状态中了。

她虽然有点讨厌他的频繁的要求，但仍然不忍使他脸上下不去，她对他唯有忍从。

二十四

他们俩在爱欲的海中沉溺了两个多月了。 他有时惊醒来时，忙把头伸出到水面来时，觉得四围都是渺渺茫茫的，不单不见一个人一艘船，连一片陆地都看不见。 他觉得自己的前途只有黑暗。 非再沉溺下去死在这海里不可了。 她呢？ 她像不知道这爱欲的海底是个无穷深的海渊，她不知不久就要沉溺下去死在这深渊里面，她只攀揽着他的臂膀，她迷信他是能拯救她的人。 她只裸体的攀附在他身上流着泪和他接吻！

——她先掉进去的！ 我是为救她而沉溺的！ 可恶的还

是她，诱惑我的还是她！

才把她搂抱到怀里来和她狂热的接吻。 忽然的又恨起她来了，忙坐起来紧握着铁拳乱捶她。

"你恨我时就让你捶吧。 捶到你的愤恨平复。 你只不要弃了我，不理我。"她流着泪紧紧地贴靠着他的胸膛。

"恨你，真恨你！"他拼命的捶。 捶了后又和她亲吻。

"恨我什么事？"她流着泪问。

"恨你不是个处女了！"

"……"她听见了这一句，脸色灰暗的凝视他。 她像受了不少的惊恐，她像听见他给她一个比死刑还要残酷的一种宣告。

"你的处女美怎么先给他夺去了呢？"他再恨恨的骑在她身上乱捶她。

"对不住你了！ 真的对不住你了！ 你要我做什么事我都可以替你做！ 你的任何种的要求我都可以容纳。 只有这一件是我无力挽回的。 望你恕了我吧。 只望你恕我这一点！你的要求——比阿霞的爸爸还要深刻的要求——我没有拒绝过一回。 只有这一件，望你恕了我吧。"苔莉痛哭起来了。

——只要你是个处女时，就拒绝我的要求，我也还是爱你的。 他望着她的憔悴的姿态愈想加以蹂躏。

她比从前消瘦得多了。 但他的冲动还是一样的强烈。不单和两个月以前一样的强烈，比两个月以前，要求也更频繁。 蹂躏的方法也更残酷——使她感着一种耻辱的残酷，因为他，她近这一个月来没有一晚上不失眠，她觉得容许他的一切要求就是一种痛苦。 但她不能不忍从他，忍耐着这种痛苦。 她只能在这种痛苦中求快感了。

有一次苔莉在酣梦中给克欧叫醒来。

"你还没有睡？"

"无论如何睡不着。"

她虽有点不耐烦，但不敢拒绝他的要求。 她觉得接近着自己的脸的克欧今晚上特别的丑陋，她忙侧过脸去。 她只贪图自己的快感。 但她所感知的唯有痛苦和可咒诅的疲倦。她睡在他怀里不断地呻吟。

"你讨厌我了？ 是不是？"他看见自己的热烈的动作不得同等的反应，就这样地质问她。

"为什么？ 我不懂你的话。"她蹙着眉愈感着可咒诅的痛苦和疲劳。

"要怎么样才好？ 你要我怎么样，你说出来，我听从你就是了。"她觉得克欧近来对她的热情也不比从前了。 除了性的要求外，没有向自己说过一句温柔话，也没有和自己筹商过他们的将来。 自己的健康只两个月间为他完全牺牲了。但她还勉强支持着拼命的紧抱着他，伸过嘴来紧咬他的下唇。 但她很羞耻的觉得这些举动全是虚伪的。

"好好的哭什么？"他由她的身旁离开时叱问她。

"没有什么。"她只扯着被角揩泪。

"你讨厌我了。 思念起他来了吧！"他冷笑着说。

"你这个人真残忍！你到底要我怎么样？"她还没有恢复她的装束再钻进他的怀里来。

"那么，你思念小胡，是不是？"身心都疲倦极了的克欧触着苔莉，发生一种厌倦。但她紧搂他，伏在他的胸部痛哭。

二十五

到了严冬的时分了，苔莉和克欧像醉人般的沉溺在爱欲的海中也快要满三周月了。苔莉近来发生了一种惊恐，就是每天早上克欧外出时，只给她一个形式的接吻而不像从前的热烈了。早晨八点钟出去，直到薄暮时分才回来，也不像和两个多月前一样回来得早了。但她所受的蹂躏的痛苦却有加无灭。

克欧也觉得苔莉和自己接近的态度是很不自然的，觉得她并不是爱他，完全是忍从他。想到两人的将来，克欧也找不出个完满的解决方法来。他觉得尽这个样子混，终不是个方法。他也未尝不知他现在所该走的只有两条路，——第一决绝的和她分手，第二就是早些宣布和她正式的结婚。但现在的他是站在分歧点上，对这两条路都没有迎上去的勇气。的确，他只说他没有勇气，他并不肯定他自己是卑怯。

受着冲动的驱迫，有一天克欧很早的由学校回来和她亲近。他以为迟了回去，苔兰回来了时是很不方便的。可是事实竟和他所期待的相反。 开门迎他的不是苔莉，是苔兰。平时他进来总可以在厅前发见笑吟吟的她，今天却看不见她的影子。

"姊姊呢？"他笑着问苔兰。

"在房里。"平时看见克欧回来也微笑着迎他的苔兰，今天却用惊疑的眼睛望他。

他走向她的房里来。 他想苔兰若不跟进来时，他就拥抱她了。 苔兰果然不跟了进来，但叫他骇了一惊的就是苔莉坐在床前淌眼泪。 霞儿酣睡在床里面。 他想，莫非是阿霞病了么，看她的酣睡的样子，又不是有病的人。

"你为什么事伤心？"克欧凑近她，但她伸出只手来拒绝他，不许他触着她的脸。

"我想，我没有做什么对你不起的事……"克欧微笑着问她。

苔莉只是不理他。 他就在她对面的一把椅子上坐下来，两个人对坐着沉默了一会。

"你当我是个什么样的人？"她用手帕把眼泪揩干了后问他。

"我不懂你的话是什么意思？"

"我问你当我是个什么样的人？！"苔莉有点气恼的样子。

"……"克欧真的不知道她为什么事气恼，此时只痴望着她，说不出话来。

沉默在两人间又继续了许久。

"受人的冲动的牺牲者不单是娼楼中的女性了！"苔莉像对自己说了后深深地叹了一口气。

克欧听她说了这一句，禁不住脸红耳热。 他觉得自己实在没有诚恳的对她负责的决心。 想不出什么话来劝慰她，他只有失望地回到自己房里来。

他回到房里，在书台上发见了一张短笺。

　　　奉访不遇，甚歉。刘老先生于昨日来 T 市。刘小姐的相片也带来了。明日请来敝寓一叙。

　　　　　　　　　　　　　　　弟源清留字。

克欧看了陈源清的留笺后知道苔莉一个人淌眼泪的原因了。 他忙跑到厨房里来问苔兰，陈源清来时对她的姊姊说了些什么话。

"陈先生说，你快要定婚了。"

——糟了，糟了！ 我该预早嘱源清不要告诉苔莉知道的。 但是那就要引起源清的猜疑，这也不是个方法。 总之我不该再站在分歧点上迟疑，把刘家的婚事谢绝吧。 早点宣布和她结婚。 就事实论，她不能离开我而生存，我也不忍把她的一身——曾经我爱抚过来的她让给他人了！ 我当始终爱护她！

二十六

第二天晚上苔莉枕着克欧的腕，在他身旁休憩的时候，他感着一种可咒诅的疲倦。她几次向他要求亲吻，他虽没有拒绝她，但他总觉得自己的微温的唇像接触着冰冷的大理石般的。

"你哭什么？"克欧听见苔莉啜泣的声音忙翻过来问她。

"我也不知道为什么缘故。我近来觉得很寂寞的。一感到寂寞就禁不住流泪。在这么大的世界中像没有人理我般的。"她的双肩更抽动得厉害。

"苔莉，你又在说傻话了！我不是在这里么？快不要哭！"

"你的身虽然在我旁边，但你的心早离开我了吧。"

"她的相片不是让你撕掉了么？你还不能相信我的心？我不是对你说过了，因为要瞒源清，怕他猜疑我们，所以敷衍的答应了叫刘先生把他的女儿的相片寄了来。这完全是敷衍他们，不叫他们对我们生猜疑的。我没有见过刘小姐，爱从何发生呢？你看我是个能够和从无一面之缘的女人结婚的人么？"

"那么你如何的答复了陈先生呢？"

"我今天对他说，单看相片看不出好歪来，最好请刘小姐出来 T 市会一会而后再行议婚。像这样的难题在深闺处女是很难做到的。 这不是和完全拒绝了她一样呢？"克欧说了后感着自己的双颊发热，因为他在对苔莉说谎。

他今天一早吃了饭，就跑到陈源清的寓里来。 单看相片，他觉得刘小姐是个风致很清丽的美人，她的态度虽有点过于庄严，但这是坐在摄影机前免不了的态度。 最使他对那张相片——给苔莉撕掉了的相片——难忘情的就是在清丽的风致中他还发见了一种高不可攀的处女所固有的纯洁美——在她的朴质的女学生服装中潜伏着的纯洁美，在苔莉的华丽的服装中决不能发见的纯洁美。 他觉得睡在自己怀中的苔莉虽艳而不清，虽美丽而不庄严，他想到这一点很失悔不该麻麻糊糊的就和苔莉混成一块的。 她是国淳的第三个姨太太。处女美早给国淳蹂躏了的她，此后就为我的正式配偶么？ 要清丽如刘小姐的才算是我的正式的配偶！ 但是，丧失了童贞的我再无娶处女的资格了吧。

父母听见刘家的婚事像异常欢喜，写信来表示万分的赞成。 父亲在乡里是个比较多认识几个字的农民，梦想不到自己的儿子能够娶刘校长的小姐。 在父亲的意思，能够和刘家结亲，就多费点钱，变卖几亩田亦所不惜。

克欧为这件婚事一个人苦闷了许久。 他觉得自己并不是不爱苔莉。 他也知道离开了他的苔莉是很可怜。 但利己主义的克欧终觉得组织家庭是不该在黑影中举行的。 自己的正式之妻，是不该娶丧失了处女之贞的女性。 他是个怯懦者——虚荣心很强的怯懦者。 他不能舍去他的故乡，没有伴着苔莉双双的逃到无人追问他俩的地方去的勇气，虚荣心促使他羡慕着日后和刘小姐举行庄严的结婚式，他期望着日后村人对他和刘小姐的礼赞——礼赞和刘小姐是村中的 King①和 Queen②。

他终于把自己的一张新照的相片和一个金指环偷偷地交给陈源清，托他转交刘老先生做订婚的纪念品。

把相片交给了陈源清后，到下午的三点多钟源清跑到商科大学来找他。源清一见面就告知他，刘老先生接到他的订婚的相片和金指环时万分的欢喜，说了许多感激克欧的话，并且要请克欧到他旅馆里去吃饭。克欧听见刘先生的诚恳的态度，对自己深信不疑的态度——深信他是个有为的青年，以唯一的爱女相托而不疑的态度，他愈觉自己是个伪善者了，同时也愈觉得自己卑劣。

他会见刘先生了。吃饭的时候，他再听见这位老先生说了许多迂腐的但是很诚挚的话，什么"蒙君厚爱，小女得所托矣"，什么"不独老夫铭感万分，即小女亦爱戴靡极"等等的话。在源清听起来觉得是迂腐万分，但在今晚上的克欧听起来，只觉得这位老先生的态度的诚挚。他觉得自己的罪愈犯愈深了。

---

① King：英语，国王。
② Queen：英语，女王。

二十七

吃了晚饭和源清向刘先生道谢了后同走出来。 电车到源清的宿舍前两个人分手了后，坐在电车里的克欧把思想力又运用到苔莉方面来了。

——太对不起她了！ 你始终既没有和她结婚的诚意，你就该早点离开她，不该再贪恋她的肉。 但是未和刘小姐成婚之前你能离开她吗？ 否，这是万不可能的，一晚上不昵就她时必定寂寞得难堪。 恐怕有了刘小姐之后也不能离开她吧。在肉的方面我是做了她的奴隶了。 作算和刘小姐结了婚，恐怕不能由刘小姐得这种欢乐吧。 矛盾！ 完全是一种可耻的矛盾！ 真的和刘小姐结了婚时，那你就杀了两个无辜的女性了——在精神上杀了两个女性了。 那时候的刘小姐恐怕比现在的苔莉还要可怜吧！ 我不该这样胡乱的就和刘小姐订婚的。 由这样想来，你还是爱苔莉的，你不过想把刘小姐来做你的装饰品以掩护你的罪恶。 那么做你的牺牲品的不是苔莉，却是刘小姐了。

——你怕要蹈国淳的覆辙了吧！

——谁是胜利者呢，苔莉还是刘小姐？

——今天是自己和刘小姐的婚约成立纪念日，但今晚上对苔莉怕难放弃而不向她求拥抱。 晚间离开了她时就像浸在冰窖里般的。

"恭喜，恭喜！ 未婚妻的相片带回来了么？"苔莉改变了昨天的愁容，接着他时就微笑着这样的问他。 但神经锐敏的克欧直觉着苔莉的欢笑是很不自然的。

"瞎说！ 谁和她订婚！ 不过不便使他们难为情，叫她把相片寄来看看罢了。"

"不必撒谎！ 不必瞒我！ 我决不会向你为难的，你还是老老实实地把你的订婚的经过告知我吧！ 快些！ 快把你的未婚妻的相片拿出来，拿出来给我看！"苔莉说到最后的一句，声音颤动得厉害，几乎说不下去了。

霞儿睡了，苔兰也跟了她的姊姊走进克欧的房里来。 她和她的姊姊一样的热望着看看刘小姐的相片，但她想看那张相片的动机完全和她姊姊的不同。

克欧笑着把一张六寸的威洛斯纸的相片取了出来，她们姊妹就在电灯下紧挤着看。

"啊！ 真是个美人！"苔莉很夸张的说。 但由克欧听来，她的话中就有不少嫉妒的分子。

"阿兰，你的意思怎么样？ 算个美人么？"克欧一面除外衣一面问苔兰。 但苔兰不理他，她像看不起克欧般的。

"姊，太瘦削了，是不是？ 身材还将就过得去，脸儿太尖削了些。"苔兰看了一会相片低声的向她的姊姊说。

"你莫瞎评！ 谢先生听见你评他的未婚妻不好时要发怒的。"苔莉说了后很勉强的狂笑起来。 苔兰也跟着微微的一笑。 克欧知道她，若非她的妹妹站在她面前，早就流下泪来了。 他暗地里愈觉得自己罪重。

苔兰先回里面房里去睡了。 苔莉还在克欧的书案前痴站了一会，她觉得有许多话要向他说，但不知道从那一句说起。 她忽然掉下眼泪来了，忙移步向外面去。 克欧忙跑过来捉着她的臂，不让她出去。

"怎么样？ 今晚上就不理我了么？"

"有了未婚妻的人还要我这样不幸的女人么？"她的泪珠更滴得多了。

"你说些什么？ 谁和她订了婚约？ 他们把相片送了来，不把它领下来使他们太下不去吧。 我真的和她订了婚时，还把她的相片取出来给你看么？"他一面说，一面和平时一样的把她搂抱过来。 他看见她的可怜的态度愈想加以强烈蹂躏。 他对他原取无抵抗的态度的。 她觉得今晚上勉强的拒绝他也没有多大的意义和价值了。 结局只有减小两人间的亲和力。 她还是忍从他的一切的要求。

"你真的没有和她订婚的意思，就让我把那张相片撕掉！"

他慨然的答应了她的要求，她的气愤也稍为平复了。

"你哭什么？"感着一种可厌鄙的疲倦的他听见她的哭音觉得异常的讨厌。

"克欧！"她钻进他的怀里痛哭起来了。

"什么事？！ 你到底为什么事伤心？！"他叱问她。

"你能恢复你从前对我的心么？"

"我不是说过了么？ 我始终是爱你的！"

"我不信我能把你的心整部的占领。"她凝视了他一会后摇了摇头，她的眼泪再流出来了。

"哭什么？ 你就把我的心整部的占领去吧。"

"我今生怕没有这样的幸福了。 克欧。 那天我们同乘马车赴××公司买东西的时候，我们并肩的坐着。 你还替我抱霞儿。 我那时候就想，如果社会都公认你是我的丈夫时，我是何等幸福的女人哟！"她从枕畔拾起手帕来揩眼泪，同时叹了口气。

这时候克欧重新兴奋起来，觉得苔莉——腮边垂着泪珠的苔莉，更觉娇媚了，他翻过来再把她紧紧的拥抱着，"苔莉，我始终爱护你，我就做你的终身的保护者怎么样？"

她也伸出一双皓腕来络着克欧的肩膀，颤声的说："谢你了！ 像我这样没有一点长所的女人，你如果不讨厌时，就让我跟着你去吧。"她说了后更凑近他。

二十八

冬尽春来，克欧快要毕业了。 他和刘小姐的婚约也早成立了，只待他在商科大学得了学位后就回乡里去和刘小姐成亲。

关于结婚的准备，家里常常有信来征求克欧的意见。 他每次接到这类的信都很秘密地不敢给苔莉看见。 幸得信是寄至大学转交的，克欧带回来就封锁在箱里，苔莉无从知道。他虽然不给苔莉知道，但每次接到家信，对苔莉就很觉赧然的。

——自己近半年来的安逸的生活可以说全出苔莉之赐。住在学校里，住在外面的宿舍里哪里有这样舒服的生活！ 饮食衣履没有一件不替我关心。 一般做妻的人对她的丈夫都没有这样的周全吧。 单这一点，我已经万分对不住她了！ 何况，何况她还安慰了我的性的寂寞！ 单就这一点论，她可以说是我的大功臣了，帮助我成就学业的大功臣了。 去年的一年中，在性的烦闷中的我没有一时一刻静坐在书案前翻过书来。 若没有苔莉，我早堕落了，跟着一班无聊的同学向商卖性的女性买欢了。 幸得她安慰了我的性的寂寞，和她度平和的小家庭生活，她是我的恩人！ 她施给我的恩惠不可谓不大了，而她所希望于我的报酬仅仅一个虚名——希望我向社会承认她是我的妻。 像这么一个廉价的报酬，何以还吝不给她呢？ 那么你完全是个利己主义者了，忘恩负义的利己主义者了，你只当她是件物品，要的时候拿过来，不要的时候丢在一边。 你若不正式的向社会承认她为妻，那你的罪恶就比国淳的还重大了。

克欧每思念到刘小姐的婚约就这样的苦闷起来。 但终没有决断力和勇气取消刘小姐的婚约。 他总想能发见一个方法——一面瞒着苔莉和刘小姐结婚，一面瞒着刘小姐和苔莉继续关系的方法。 但他觉得对付刘小姐容易，对付苔莉难了。

克欧的毕业论文提出去了。 论文里面的几个统计表都是成于苔莉之手。 看见她在热烈地希望自己的成名，克欧几次快要流泪了——感极流泪了。

——像这样区区的报酬不应再吝而不给她了。 对社会承认她是自己的妻吧。

只因一个偏见——苔莉万赶不上刘小姐的纯洁高雅的偏见终在他和她之间筑起了一重不易铲除的障碍。 苔莉也觉得近来的克欧对她有点二心了，也取了严密的监督的态度。

三月一日克欧把毕业文凭领出来了。 他前星期就接到了由家里汇来的钱，准备在这几天内回乡里去一趟。 他虽还没有和刘小姐结婚的决心，但他觉悟到此次回去是免不掉有此一举的。

"你在这几天内就要回乡下去，是不是？"苔莉接着他就忙着问这一句。

"想回去看看老父母。 我二年多没有回去了。 不过动身的日期还没有定。"

"你怎么不告知我？"她怨怼着说。

"我还没有十分决定，怎么告诉你呢？"

"早决定了吧，早通知你家里了吧。"她冷笑着说。

克欧禁不住双颊绯红的，他知道她又接到国淳的报告了。

"我只回去看一看，要不到一个月就回 T 市来的。"

"我也跟你去，跟你回 N 县看霞儿的爸爸去。 他写了信来，要我趁这个机会同你一路回 N 县去。 错过了这个机会，再难得第二次的机会了。"

"……"克欧只呆望着她，一句话都说不出来了。

"你哪一天动身，要先告诉我，我也得预先清理清理行装。"

"你到 N 县去后不再回来 T 市了么？"克欧着急的问她。

"你呢？"苔莉笑着反问他。

"我不是说过了么？ 要不到一个月就回来 T 市的。"

"怕有人不放你回来吧。 算了，各人走各人的路吧！ 为霞儿计，我还是回霞儿的爸爸那边去。 到处都是一样的，没有真心为我……"苔莉说到这里说不下去了，两行清泪忍不住的流下来。

二十九

——自己是不能不回 N 县去一趟。 她要跟了来，那么我的一切秘密要通给她知道了。 万一她赌气的回到国淳那边去，那么我们俩的秘密又要给国淳知道了。 克欧觉得这个问题真难解决，他唯有恨起苔莉来，他总觉得苔莉讨厌，故意和他为难。 他想，刘小姐的婚约无论如何不能不回去敷衍敷衍。 但让苔莉回到国淳那边去又觉得自己是受种侮辱。 苔莉的身体虽经国淳之手曾有一次的堕落，但经自己的手净化之后无论如何再难把她让给他人，尤不能交回国淳！ 她把她和国淳间的秘密通告知我了。 我俩间的秘密再能让她告知国淳么？

克欧想来想去，他发见他自己的意识的矛盾了。 他很看不起自己，因为自己还是和国淳一样的对女性没有诚意的人。 他深思了一回就想把自己践踏成粉碎。

苔莉近来的低气压拒绝了他向她的亲昵。 每天看见她的忧郁可怜的态度又引起了他的同情和怜爱。 他早就想清理行装，至少他总想把他的书籍整理，但在她的低气压之下，他全无勇气着手。

疏隔了几天的他和她都感着寂寞，都感着一种苦闷，一到夜晚上感着加倍的寂寞和苦闷。 在苔莉以为克欧总会来昵就她，向她求和。 克欧也很想向她要求寂寞的安慰，但怕她的意外的拒绝伤害了自己的尊严，所以也不肯先向她开口。

他们俩间的低气压继续了一星期余。 一天的早晨他起来时已经九点多钟了。 苔兰背了霞儿上街买菜去了。 他站在檐前望着，默默的替他端洗漱水出来的她的可怜的姿态，心里觉得万分对她不住。 他很想向她笑一笑，但同时感着自己想向她笑一笑的动机是很可耻。 为维持自己的尊严起见，忙忍着笑，只望了她一望。 她给他一望忙低下头去。 他觉得她的脸色更苍白了，双颊也瘦削了些。

"高先生那边有信片来了。 他说，近来到了很多新式的货样，K 商店要我们去看。 他要你星期日那天到他那边去。"

高先生也是克欧和国淳的一个同乡。 在 Y 市小学校当教员。 K 商店是 Y 市顶有名的绸缎布匹店。 高先生算是一个小小股东。 国淳还在 T 市时他们一家的衣裳是由高先生介绍给 K 商店包办的。 高先生也是个风流不拘的人，除了故乡的太太之外在 Y 市还秘密地蓄了一个姨太太。 他和国淳是志同道合的朋友，所以他的秘密只有国淳和苔莉知道。 现在克欧也知道了。

国淳还在 T 市时，高先生当然常过来玩，国淳回乡里去后，他更频繁的到苔莉家里来。 据苔莉最初的推测，高先生是为悬想苔兰而来的，但到后来又觉得他对自己也怀有相当的奢望。 聪明的苔莉决不至受高先生的蛊惑的。 自克欧住在苔莉家里后，高先生就罕得到她那边来了。

"谢先生是不是想向小乔求婚？" 有一次克欧上学去后，高先生跑了来笑着问苔莉。

"说起来有点像有这种意思。 到后来托我替他做媒也说不定。"苔莉为自己避嫌疑起见不能不凑着高先生说起笑来。

"小乔方面的进行未成功之前，大乔先给他钓上手了就不得了。 哈，哈，哈！"

给他这一笑，苔莉禁不住脸红起来。

"讨厌的高先生！ 我不要紧。 但谢先生的名誉是要紧的。 你这个人就喜欢瞎开口！"她笑恼着说。

"我说笑的，我说笑的。"高先生忙取消刚才说的话。

克欧和苔莉以为他们的秘密除了他俩之外是无人知道的。 他俩并没有留意到他们间的关系比夫妻关系还要深刻了。 他们俩当第三者的面前虽然不说一句话，但他们俩的似自然而非自然的态度是难逃第三者的冷静的观察。 苔兰不必说，N 街的人们都晓得她和克欧的丑关系了，高先生也略知道了他俩间的态度不寻常。

三十

克欧给苔莉这一问才想到她前两星期曾要求他伴她到 Y 市去做两套衣裙的事来了。

"你从前是一个人去过来的，你就一个人去吧。"

"……"苔莉低下头去，只一瞬间由她的一双眼眶里流出两行清泪来了。

克欧还没有得到苔莉的性的安慰之前，她常到 Y 市去，只抱着霞儿到 Y 市去，引起了克欧的嫉妒和猜疑。 苔莉回来后他就半像说笑半像毒骂的说了许多苔莉听见难堪的，同时又会使她生出一种快感来的话。

他终于达到了目的了，她没有一晚不在他的怀抱中了。

"你现在相信我没有外遇了吧！"她媚笑着向他说。

"……"他只点了点首。

"我以后决不离开你了！ 决不离开你一个人到什么地方去了！"

克欧看见她流泪，就联想到她曾说过这句话来。 他觉得此时候的苔莉顶可怜也顶可爱的了。 他趁这个机会忙走近她把她搂抱住了。

到了星期日他终难拒绝她的要求，伴着她和霞儿到 Y 市来了。 他们最先到高先生的家里来，打算在他家里吃了中饭后才到 K 商店去定制衣裙。

高先生很欢迎他们， 不， 他是专为欢迎苔莉才带他们到他家里来。 始终向苔莉微笑着的高先生的态度引起了克欧的厌恶。 他只坐了一刻，说要到一个朋友那边去一刻就回来。 同时他觉得自己是很卑怯的，这种和苔莉疏远的表示完全是由卑怯的动机发生出来的。 其实这种和苔莉疏远的表示也难打消高先生对他俩的猜疑，结果只叫苔莉受一二小时的痛苦罢了。 但他知道高先生是在希望着他给他向她说话的机会。 他很决意的走出来是因为对苔莉有深深的信用了。

——那个高胡子一定对她有不妥当的表示。 但我深信苔莉定会拒绝他的一切要求的。 不过我不该这样卑怯的不保护她。 我是她的唯一的保护者了。 我该快点向社会宣言对她负责。 承认她是我的妻！ 克欧从高胡子的家里走出来后在街路上一面走，一面想，也觉得自己是世界中顶可怜顶无耻的人了。

——她最初的态度也太暧昧了。 她若先向我提出条件——要我承认她为妻的条件——时，我或不至犯这种罪，但她始终是默默地不表示态度或希望。 问她是不是感着性的寂寞，她就点头说有点儿。 那么我可以安慰你么？ 她只说了"谢谢"两个字。 我们就借了"恋爱"的招牌深深地陷落下去了。 到后来不知谁安慰谁的性的寂寞，也不知道谁是谁的牺牲者了。 一个人该为为自己牺牲的人牺牲一切的！ 现在的问题是我该为她牺牲呢，还是她该为我牺牲？ 我们俩若就这样的无条件的分手，那就是她做了我的牺牲者了。 自己也是在这样的希望。 为自己的前程计，为自己的社会地位计，不能不牺牲她了。 为避免社会的恶评计，为满足父母的希望计，更不能不牺牲她了。 若把自己的像旭日初升的前途牺牲，丧失了社会上的地位，那就等于自杀！ 想来想去，得了一个结论就是牺牲她，否则自杀。

——父母只生我一个人，因为我求学，几年来花了不少的金钱，变卖了不少的产业了。 父母在梦想，等我毕业后把这些产业恢复。 不管他们老人的梦想如何，总不该叫他们老人失望，我若对社会承认她为妻时，我此生就难再回故里去了。 那么老人们所受的打击就不仅失望，恐怕还要伤心而死吧。

——让她一路回 N 县去吧。 让她回国淳那边去吧。 功利主义者的克欧对苔莉虽不无恋恋，但为保持自己在社会上的声誉，为爱护自己的前程，也只好割爱了。

——那么你对她完全无爱了？ 不，我爱她，像爱我自己的生命一样的爱她。 我之陷于不能不和她离开的运命，并不是我个人的缺陷，完全是社会的缺陷！ 社会上的诸现象都是矛盾的。 自己的恋爱和事业不能并立，这就是一种矛盾了。

三十一

克欧和苔莉回到家里来时已灯火满街了。 苔兰早把晚膳准备好了。 霞儿在电车中就在母亲怀里睡着了，苔莉把女儿安置在床里睡好了后，就出来和他们一同吃饭。

苔兰听见姊姊们不久就要动身回 N 县去，像小孩子般之流了不少的眼泪。 克欧很替她同情，又觉得无邪的苔兰可怜。 克欧想，小小的一个和暖的家庭就这样的星散了，破坏这小家庭的责任完全该归自己负担。 她们姊妹有此次的生离的悲痛也完全是自己造成的罪孽。

但是要结束的事情还是非结束不可，要分手的终非分手不可。 只三两天工夫，苔莉把一切的行装收拾好了。 苔兰一面流泪一面替她的姊姊和克欧清理衣服和书籍。 苔莉也跟着她的妹妹流了几回泪。

"姊，以后霞儿还叫谢先生做爸爸么，不是回白姊丈那边去么？"

"姊姊的一身的事情，你莫再问吧。 姊姊做的事是不足为法的。 只望你以后要谨慎你的身体。 不要随便听人家的话。"苔莉说了后，叹了一口气。

苔兰凝视着她的姊姊像无意识的点了一点头。

由 T 市回 N 县去要先到 S 港，由 S 港再搭轮船赴 K 埠，由 K 埠转搭小汽轮，一天工夫就可以回到 N 县。

克欧打听到五月二十日有轮船由 S 港开往 K 埠的，他和苔莉就决定于十九日的下午先乘火车赴 S 港，预定在 S 港歇一宵。

十九日的上午，他们把房子退回给房主人了。 带不了的行李，剩下来的家具都由苔兰送回村里的母亲家里去了。 下午在车站上时，苔莉的母亲跟着苔兰走来了。

"谢先生，莉儿母女一路多劳你招呼了！ 你见了我的女婿时就替我多问候他几句。 莉儿初到你们乡里去，什么事都不知道，有什么不对的地方，要请他宽恕宽恕。"

克欧听见苔莉的母亲的嘱咐，脸上红了一阵又一阵。 但他望望苔莉，她却在一边微笑着看看她的母亲又看自己。 克欧给苔莉一看，觉得自己的双颊更加热得厉害。

"你老人家快点回去吧。 你的女婿怎么样你管他许多！不要你嘱咐，谢先生也会很亲切的看护我们的。 霞儿的爸爸还赶不上他的亲切呢。"苔莉笑着催她的母亲回去。 她说后再望着克欧嫣然一笑。

克欧恨恨的看了她一下，恨她太不客气了。 他怕苔莉的母亲看出了他和她的秘密。

苔莉的母亲和苔兰望着他们乘的火车开动了，才洒了几滴眼泪回去。 但苔莉像有个保护者站在她肩后，她一点儿不感到别离的悲伤。

"你怎么这样不谨慎的！ 给你的母亲晓得了我们的秘密时怎么了呢？！"

"你还想不给人知道么？"苔莉低下头去，她像对克欧的卑怯的态度很不满意的。

"但是，还是不给你母亲晓得的好。"他也觉得自己太无耻了。 他也知道想秘密地向苔莉求性欲的满足而怕人知道是一种顶无耻的行为。

"迟早要给她晓得的。 苔兰早晓得了，她不会告诉我的妈么？"她像很不快意的抱着霞儿把脸翻向车窗外了。

"苔兰晓得了？！ 她说了些什么话？"克欧像骇了一跳的惊呼起来。

苔莉看见他的这样惊惶失措的态度，觉得他很可笑又很可怜。 她禁不住笑了。

"我告诉了她的。 她有几次在夜里起来听见我还在你房里。 她很不欢喜的来责问我。 没有法子，我就一五一十的告知她了。 我告知她，霞儿的爸爸是个靠不住的人，在乡里早有了三房四妾。 我也告知她，你答应了我们替我和霞儿负责；一句话，你的姊姊已经改嫁了——事实上改嫁了谢先生了。"

苔莉说了这一篇话，吓得克欧两个眼睛直视着她，只张开口说不出话来。

"这样的说了不可以么？ 这样的说不会错吧！"她睁着

她的大眼很正经的问他。

克欧像没有听见她的话了，他只听见下面的轰轰的轮音。 铁道两旁的电柱和林木一阵一阵的向后面飞。 克欧觉得此次的旅行像没有目的地般的，他有点担心了，他觉得自己太不顾前后了。 若真的回 N 县去，怎么可以让她跟了来呢？ 现在到什么地方去好呢？

三十二

他们在 S 港车站由火车里走出来时已经响六点钟了。车站外丝丝地下起微雨来了。 车站前的人力车都给先下车的人叫了去了。 苔莉抱着霞儿，克欧提着两个随身皮箧，慢慢的由月台上走下来是一条地下隧道，在这隧道中走了五分多钟才走到车站门首来了。

车站口没有一辆人力车了。 克欧把行李放在苔莉的跟前，自己冒着雨出去叫车子。

"对不起你了。"苔莉在他的后面说。 她觉得自己还有相当的"力"支配他呢，脸上泛出一种得意的微笑。 但她看见他的背影，在雨中揩着汗走的背影表现出无限的风尘的疲劳，她又觉得他也是个可怜人。 他到底为谁辛苦呢？ 他虽然是个罪人，但他是无意识犯罪的。 他现在是在赎罪中的羔羊了。 一切罪恶的根源还是在我身上。 害了 Antony① 的当然是 Cleopatra② 了。

——我要安慰他才对。 不该再怨怼他，胁迫他了。 克欧，我虽然对你不住，但我诚心的爱你，这一点总可以得你的原谅吧。 你为我的苦劳，我一切都知道。 我们的关系作算是种罪恶时，这罪恶也该归我负责而不在你！ 不过你现在是我的生命了，我再不能离开你而存在了！ 你像厌倦了我，论理我当让你自由，让你这个无邪的羔羊恢复自由。

他们赶到海岸的一家旅馆里来了。 进了旅馆后雨越下得厉害了。

茶房带他们到楼上看了一间小房子，只有一张床铺的小房子。

“你就在这里歇一晚吧！”苔莉说了后才留意到立在他们旁边的茶房，很机巧的再添上一句，“你就到外面朋友家里去也省不到多少钱。”

“太太说的话不错。 房钱是一样的，不过省几角钱饭餐钱罢了。”

“谁说要省钱呢！”克欧着急的说，“我们怎么好同一间房子呢！”克欧早就向苔莉说过了，到了 S 港——住有许多友人的 S 港——他无论如何不能同住在一家旅馆里。

---

① Antony：英语，安东尼（男子名）。
② Cleopatra：英语，克利欧佩特拉（女子名）。

"到了这个地方，到了此刻时候，你还这样的没有勇气！"苔莉说了后低下头去叹了一口气。

在克欧意料之中的苔莉的讥刺，他像没有听见。 茶房像有点晓得他们间的暖昧。

"这里一连三间房子都空着的。 那一间有两张床。 这两间都是一张床的。 你们慢慢地看了后再决定吧。"茶房说了后微笑着下楼去了。

"克欧，你就在这里歇一晚吧。 多开一间房子也使得。你一离开我就寂寞得难挨。 尤其是在旅途中的客舍里的晚上，你也忍心放我一个人抱一个小孩子在这里么？ 作算有友人来看我们，我们各住一间房子，他们也不至于说什么话吧。"

他们俩争执了一会，但到了 S 港的克欧始终不能容忍苔莉的要求。 外面的雨也晴了，他在这旅馆的小房子里和她同吃了晚饭后就走出来，说到朋友家里去歇一宵，明朝再来凑她们一同到轮船码头去。

苔莉流了几滴眼泪望着他出去。

克欧也很想和苔莉同住在一个旅馆里，因为旅馆的设备，尤其是铜床和浴室不住地向他诱惑，引起了他不少的兴奋。

——不，不，这万万做不得！ 住在 S 港的朋友们早晓得我今天会到 S 港来。 我也答应了他们一到 S 港就去看他们的，作算我不去看他们，他们终会找来的。 我和她的不自然的态度给他们看出了时……克欧像窃了食的小孩子还在拼命的拭嘴唇。

他走到街路口上来了，待要转弯时，他停了足翻过头来望望旅馆的楼上。 他看见苔莉抱着霞儿靠着扶栏在望他走。霞儿看见他停了足便不住地"欧叔父，欧叔父"的叫起来。她的泪眼，她的苍白的脸，她的意气消沉的姿态，都能使他的心房隐隐地作痛。 听见霞儿叫"欧叔父"的无邪的清脆的声音，更引起了他的无限的哀伤，他快要掉下泪来了。

他不忍再望她们，也不忍再听霞儿的呼声，他急急地转了弯。 看不见她们母女——像在沙漠中迷失了道路的母羊和小羔——了，但小羔羊的悲啼还不住地荡进他的耳鼓里来，可怜的母羊的忧郁的姿态也还很明了地幻现在他的眼前。

三十三

——她的一生的幸福全操在自己的掌中了。 她也像信仰上帝般的把她的一身付托我了。 我不该使她陷于绝望，不该对她做个 Betrayer①！ 我们可以离开 N 县，离开 T 市，离开祖国，把我们的天地扩大，到没有人知道我们的来历，没有人非难我们的结合，没有人妨害我们的恋爱的地方去！ 什么是爱乡！ 什么是爱国！ 什么是立身成名！ 什么是战死沙

---

① Betrayer：英语，叛徒，告密者。

场！ 什么是马革裹尸！ 都是一片空话——听了令人肉麻的空话！ 结局于想利用这些空话来升官发财罢了！ 我还是抛弃这些梦想吧！ 我还是回到我们固有的满植着恋爱之花的园中去和她赤裸裸地臂揽着臂跳舞吧！ 再不要说那些爱乡爱国，显亲扬名的肉麻的空话了！ 再不要对社会作伪了！ 还是恢复我的真面目吧！ 恢复我的人类原有的纯朴的状态吧！ 苔莉，苔莉！ 我真心的爱你！ 我诚恳的爱你！ 我盲目的爱你！ 除了你，在这世界里我实在再无可爱的人！ 再无可以把我的灵魂相托的人！ 但是不知为什么缘故，我总不能伸张我的主张，不能表示出我的最内部的意思。 苔莉，这完全是我们所处的社会的缺陷。 望你原谅我的苦衷，也容恕我的罪过吧！

克欧先到 S 港中学校去找从前的紫苏社的同志，有四个同志——其中有会过面的，有没有会过面的——都在这间中学校任课。 伪善的克欧想到这中学校来寄宿一宵，表示他和她的友情是很纯洁的。

石仲兰，曾少筠，钱可通，刘宗金都是从前共组织紫苏社时的同志。 但严格说起来，石仲兰和曾少筠才算是纯粹的紫苏社的社友。 钱可通和刘宗金两人虽曾在紫苏社的刊物上发表过几篇文字，但后来领了一个政客团体 N 社的津贴，跑到 N 社去研究升官发财的方法了。 他们四个人前前后后都到 S 港中学来各占了一个教席。

克欧走到中学校时只找着一个曾少筠。 其他三个吃过晚饭后都出去了。

"你来了么？ 密司杜呢？"少筠接着他就问苔莉，因为她在紫苏社出入时和少筠认识了的。

"她在×旅馆里。 我今晚上要在你这里借宿一晚了。"

"不是和她一同住旅馆么？"少筠用怀疑的眼睛望了望克欧。

"你说些什么！"克欧猜不着少筠是正经的问他还是在讥刺他，免不得双颊发热起来。

"你看做过贼的人总是心虚的！ 你在T市可以住在她家里，现在到S港来同住一家旅馆有什么不可以呢？"少筠笑着说。

"你不要再瞎说了！ 我们到什么地方逛逛去吧。"

"到什么地方去呢？"

"到××书店去好不好？"××书店是替他们出版文艺书籍和杂志的。 克欧想去看看自己近作的一篇长篇小说印出来了没有。

"你再坐一会吧。 他们快要回来的，等他们回来一路去。"

克欧听见钱刘两个就头痛，但既到了这里来又不能不会会他们。 他真的等了一会后，石仲兰和刘宗金回来了，只有钱可通一人没有回。 他们说他到N社去了，今晚上怕不得回来。

天上的黑云渐渐的散开了，像有点月色，不至十分黑暗。 他们共叫了一辆马车赶到××书店来。 吝啬的店主人看见不常来的克欧来了，不能不在一家馆子里开了一个招待会。

书店里边有两三个年轻的伙伴喜欢读他们的作品的。 他们在馆子里吃了饭后都赞成到×旅馆去看《家庭的暴君》的作者。 顶热心赞成的还是书店里的年轻的伙伴。 因为是个女作家，他们尤热心的希望着去会会。 克欧本想阻止他们，但恐怕更引起了他们的猜疑，终于默杀下去了。

三十四

夜愈深，天气愈清朗起来。 书店的主人改雇了一辆宽大的汽车后他们到×旅馆去。

"夜深了，我们明天去看她吧。"石仲兰苦笑着提出抗议来。 克欧想，老石真的是我的知己了，同志们中我所敬畏的也只他一个人。 我想说的话，现在他都替我说了，恐怕是他知道我想说，不便说出来，所以代我说了的吧。

"不，不行，不行，今晚上就闹到天亮也不要紧！"书店的年轻伙伴 K 在高声的反对石仲兰的提议。

"《飘零》里面的女主人公是不是杜女士？ 那部长篇小说顶销行，只一年多——还没到一年的工夫，已经五版了。"另一个书店员 C 笑着问克欧。

《飘零》是写一个女作家，也是个未亡人，她对一个青年美术家生了恋爱。 可是那个青年美术家对她若即若离，不甚属意于她。 至女作家方面则误认青年对她的同情为恋爱。后来出她的意外，听见那个青年和一很纯洁的处女订了婚，便跑到青年的宿舍里去，要求他对他的未婚妻宣告废约。 但青年不能容许她的要求，她就当青年的面前服毒。 青年待要夺取她手中的毒药时，已来不及了。 这个可怜的女作家就在一家小病院里受着青年的温爱的看护，很乐意地微笑着死了，她对青年说，她的目的已经达到了，她所希望的就是她临死时，青年能够看着她死。 这个女作家死了后，青年大受感动，若有所悟般的向他的未婚妻取消婚约，自己就往外国漫游，"不知所终"了。

　　克欧想，不错，这是自己在南洋旅途中思念苔莉时的创作，以苔莉为女作家，以自己为美术家的青年，并将对苔莉及自己的直感延长下去写成的。 本来算不得是篇杰作，但在对文学的批评的眼光还不甚高明的女学生群中是很受欢迎的。 他给 C 店员这一问倒不好意思起来了，他对 C 唯有苦笑。

　　"恐怕克欧对苔莉的关系不止那个美术青年对女作家的关系吧。"刘宗金无忌惮地插嘴说。

　　"瞎说，我和她是亲戚，你们该知道吧。"

　　"到了那时候还论什么亲戚不亲戚。"刘宗金始终不信克欧和苔莉间能保有纯洁的关系。

　　"你在 T 市也常到××街去玩么？"少筠问克欧。 克欧摇了摇头。

"那么你一个人在 T 市两年多能守你的独身主义倒是个疑问。"刘宗金更紧迫着说。

"莫说那些无聊的话了！"石仲兰微微地苦笑了一下后说。

——老石并不帮我说句把话，不替我辩护。 看他也有点怀疑我般的——不，不是怀疑，他直觉着我是个罪人了吧！ 好友，你该摒弃我，和我绝交的。 我实在再没有资格做你的朋友了。 按理我不应来看你，不应以犯罪之身来见你。 掩着自己的罪，装着平常人般的来看你，那我又加犯一重的欺诈罪了！ 何况这次回去还想以犯罪之身去欺骗慈爱的双亲，骗娶纯洁的处女！ 我犯的罪多么重大哟！ 克欧在汽车中恰恰和石仲兰正对面的坐着，他回想了一会，热着脸低下头去，不敢看石仲兰。 幸得汽车里黑暗，没有人留意到他的脸红。

汽车停在 × 旅馆门前了，吓得旅馆的茶房们都跑出来，他们以为有什么贵客或富人来留宿的。 等到他们看见了日间来过的克欧也从汽车里走出来，他们又很失望的退了下去。

三十五

幸得霞儿早睡了，他们怕吵醒了她，在一间小房子里挤了一会挤得不耐烦就回去了。 但在这短短的时间中刘宗金还是用侦察的态度对克欧和苔莉。

"你这次回国淳那边去么？ 不再出来 T 市了么？"刘宗金看见了她就很关心的先问了这一句。 他是全知道国淳在 N 县已经有一妻一妾的了，他曾向她示意过三两次，不过都给她拒绝了。 他知道她的心完全趋向克欧方面去了，所以对克欧怀了一种嫉妒。 他很想发见克欧和她的秘密，并且将这种秘密的证据提给社会。

克欧很担心苔莉说话之间不留神的露出破绽来，他只能像囚徒般默默地坐一隅待刑的宣告。

"我？ 我回 N 县做女傧相去。"苔莉哈哈的笑起来。

"谁结婚么？"

"还有谁？ 是他请求我回去看他们成婚的。"苔莉指着克欧对他们说。"他不管人喜欢听不喜欢听，他只管向着我说了许多新婚的梦话。 他真是个利己主义者。"

刘宗金听见苔莉知道克欧和刘小姐的婚约，很失望的不能再说什么话了。

"你要留神些。 恐怕是国淳托他把你骗回 N 县去的吧。"石仲兰再添上了这一句，在座的几个来客都大大的失望，态度也比来的时候庄重了许多。 因为他们知道了他们预先默认的完全和事实相反了。 他们觉得不单对不起苔莉，也觉得对不起克欧了。

第二天的十点钟他们所搭乘的轮船 F 号由 S 港展轮驶向 K 埠去。

在海上，他们又恢复了埃田乐园中的欢娱状态了，由 S
港至 K 埠的轮船须在海上走三昼夜。 他们在轮船的二等客
室中共占了一个舱房。 他们在船上和在 T 市 K 街的家里时
一样的自由了，他们在轮船里对搭客们都自认为夫妇，因为
不自认为夫妇反会引起他们多方的注视与怀疑。

苔莉抱着霞儿走出甲板上来望海，克欧和苔莉并肩的凭
着船栏眺望。 他比苔莉对海的经验深些，关于海的智识也博
些，他指着海面的现象——为她说明。 这时候在舱面的搭客
们都很艳羡这一对年轻的夫妻，视线也齐集到他俩身上，苔
莉不时翻过脸来看他们。 她觉着他们的注视时也有点难为
情，但同时又感着一种矜高——她在这轮船里算是个女王
了，除了一等客室里的一个金发蓝睛的西方美人比她年轻之
外。

克欧像预知道距 N 县愈近，他接近苔莉的时间也愈短
缩，对她的爱恋陡然的增加了起来。 除了到餐房里吃饭和饭
后出甲板上眺望外，其余的时间都相拥着守在舱房里。 他们
俩唯恐这样短缩的宝贵的时间空过了，他们的欢会的时间也
就无节制起来。

幸得这几天来海风不大，海面没有意外的波动。

第二天的晚上，苔莉看着霞儿睡下去了后循例的走到克
欧坐着的沙发椅上来和他并坐下去。

她每次受克欧的无节制的要求，就感着肉的痛苦。 但她
又不能一刻离开他，也不敢对他有一次的拒绝。 这许是她的

偏见，她以为不抱持这样的忍从主义就不能维系他的心。

"我想睡了，你怎么样？"苔莉打了一个呵欠，把头枕到他的肩上来。但克欧只顾翻读旧报纸，并不理她。

"今晚上算了吧。可以？我先睡了。"苔莉微笑着站起来解衣裙。克欧此刻仰起头来痴望她了。

"不要望着我，请你背过脸去。"她斜睨着克欧作媚笑。

"……"他只微笑着看她，不说话。

"你这个人总是这样讨厌的！"她自己背向那边去了。

轮船轻轻地在荡动，她只手攀着榻沿，只手把黑文华绉裙解下来了。湖水色的长丝袜套上至膝部了，桃色的短裤遮不住腿的整部。白质蓝花条的竹布衬衣也短得掩不住裤腰。跟着轮机的震动，衬衣的衣角不住地在电光中颤动。克欧看得出神了。他再细望她的脸部，薄薄地给一重白粉笼着的脸儿在电光下反映出一种红晕。

"令人真个销魂！"克欧从沙发椅上跳起来。

"讨厌的！不怕吓死人的！"她一面翻过脸来笑骂他，一面在除袜子。"你说什么？"

"我唱赞美歌，赞美你的美！"

"赶不上刘小姐吧。"她失笑了。

"几点钟了？"他听见她提及刘小姐便左顾而言他的。

"不早了吧。船钟才响了五响，几点？"

"那么十点半了。睡吧！"他凑近她。

"睡吧！"她低下头去，但只手加在他的肩上了。

三十六

航海中整三天三晚的欢娱匆匆地过去了。 五月二十三日的拂晓轮船进了 K 埠的港口。 他们俩站在圆形的铁窗口眺望岸上的风景。

"我竟不知道 K 埠是那么美丽的一个市场！ 那边恐怕是市外的公园吧。 门首植的一丛丛的苏钱，果然是亚热带的风景。"她不住地欢呼。

顶热闹的海岸街道像电影画一样的移动到他们眼前来了。 高低一律的西式建筑物不住的蠕动，海岸马路上有无数的走来走去的行人和几辆飞来飞去的电车。 完全是一幕电影画。

"真好看！"她无意识的说了。

"真好看！"霞儿也拍掌笑着学她的母亲的口吻，引得他们俩都笑了。

"那一个人有点像国淳！"克欧指着穿夏布长褂子的男人对苔莉说。

"哪里？"她像骇了一跳，惊呼着问他。 但她马上恢复了她的镇静的态度，因为她当他是说来试她的心的。

"你看那个不像霞儿的爸爸么？"

"在哪里？"她跟着他所指示的方向伸首凑近窗口向外望。

"那边不是站着一个戴竹笠的，手拿木棍的巡捕么？ 看见了么？"

苔莉点了点头。

"在那个巡捕的那一边走着的，现在走过去了，你看！"

船身像快要靠拢岸壁了，突然的向后一退，那个巡捕和像国淳的人都看不见了。

"不是他吧！"她翻过来向着他苦笑。

"他知道我们回来怕要出来 K 埠迎接我们。"

"他怎么知道我们在哪一天到 K 埠呢？"

"啊！ 我忘记告诉你了，我动身时打了一个电报给他，把我们搭的轮船名都通知他了。"他说了后脸红红的痴望着她——脸色急变苍白，神气也急转严厉的她。 他自己也默认不告诉她而打电报给国淳，叫他出来 K 埠接她们母女的行为是欺骗，断定此种行为的动机也是很卑怯无耻的。 他的用心又安能逃出她的犀利的推测！

"你这个人！ 真的……"她没有把话说下去，两行泪珠扑扑簌簌地掉下来了。

"表兄写信来要我这样做，我有什么法子呢？"他只能把这句话来搪塞。

"算了，算了！ 我知道了就是了！ 你已经把你的心剖开来给我看了！"她收了眼泪翻向那边去不再理他了。

轮船像停住了，觉不着船身的微震了。 一群旅馆的伙伴们叫嚣着跑进来，把霞儿惊哭起来。

"有到××栈的没有！"

"有到××酒店的没有！"

克欧和她的舱房门还紧闭着，在舱门首走过去的旅馆的伙伴都敲一敲他们的房门。

克欧也担心国淳走进来看见他们同占有一个舱房并且在白昼里也还紧闭着有点不方便，他把门开了，走出来站在房门首。他在黑压压的一群人中没有发见像国淳的人。一个个的旅馆的招待在他面前走过时就循例的问"先生，到××酒店么？""先生，到××栈么？"但他只摇摇头。这些伙伴们虽经他的拒绝，但走过去时还要向房里面张望。看见苔莉时就略停住足瞻仰一瞻仰。克欧看见他们这样的失礼的状态，很着急起来，但也没有方法奈何他们。

克欧等了一会不见国淳来，他默默地叹了一口气，他觉得这个重赘的担子一时还卸不下。他不是不知道自己的计划很卑怯很可耻，但受着社会的重压不能不这样做。他在 T 市时就预定未抵 K 埠之前只管和她寻几天的欢娱，一到 K 埠接着国淳时就交回给国淳，自己急急的躲开，和她诀别吧。思念到这种对不起苔莉的计划，不自然的染有多量血泪的分手，克欧也未尝不觉得心痛。但所处的社会如此，他始终不承认是他一个人有罪。自己和苔莉会陷于这样的不可收拾的状态，国淳也该分担点责任吧。总之自己和苔莉的亲昵，罪不在她，也不在我，是一种不可抗的力使然的！

克欧想，国淳不来，我们只好再在 K 埠同住几天旅馆了。 他同时也觉得自己的心还受着她的吸引，他到了 K 埠，觉得她的肉的香愈强烈地向他诱惑。

"无论如何，我还没有离开她的可能！"

他最后叫了有名的 T 酒店的伙伴来，决意进 T 酒店。他要那个伙伴即刻把他们的行李搬上去。

"先生，让我去叫几个伙计来替你搬行李。 你把这张招贴拿着。"

"你呢？"

"我要到前头那一舱去看还有客没有。"

三十七

克欧在 T 酒店开了两间面海相邻的楼房。 到了 K 埠，他主张和她各住一间小房子。 苔莉本来就反对，但她想不出什么口实来要求他同一个房间住。

"我一个人有点害怕。"她在晚间只能这样的向克欧乞怜。 但克欧只向她笑一笑。 她看见他的冷淡的微笑，心里很不舒服，终于流下泪来。

"事实上还不是同一间房子么？ 多开一间房子是怕有认识我们的人来看我们时方便些。"

他们抵 K 埠后就打了一个电报给国淳，要他出来 K 埠接苔莉母女。 过了两天，他们接到国淳由 N 县寄来一张明信片，说他一时因事不能来 K 埠，望克欧即刻动身带她们到

N 县来。 克欧接到这张明信片时，有点气不过，他觉得国淳像故意和他作难般的。 苔莉却希望着能够和克欧在繁华的 K 市多欢娱几天。 但她心里也有点不满，恨国淳对她们母女太无诚意。

克欧就想当晚动身，但苔莉执意不肯，她说国淳既然这样的无诚意，我们索性在这里多耍三两天吧。

"你见霞儿的爸爸信也不写一封！ 你这样辛辛苦苦的把我们带了回来，在明信片里也该说句感谢的话才对。 由 T 市到这里我们真累了你不少！"

"……"克欧听见她的话，禁不住脸红起来。 他觉得她的话句句都有刺般的。 他只有苦笑。

相邻的一间比较宽的，有两张寝床的房子空下来了，他俩就索性搬进去，共一个房子住了。 由 N 县来 K 埠的小轮船是在夜晚上十二点至一点之间抵岸的，前两晚上他们都担心国淳由 N 县赶到了，不敢尽情的欢娱，每晚上要等到响了一点钟后克欧才走进苔莉的房里来。

"真不自由极了！ 我看你很可怜！"苔莉笑着把他的头搂到胸前来，他一面嗅着她的肉香一面暗暗地羞愧。 他想从今天起就和她断绝关系吧——斩钉截铁地和她断绝关系吧。但志气薄弱的他觉得终难离开她。 至不能离开她的理由他自己也莫明其妙。 有点似爱，也有点似欲。

接得国淳不来 K 埠的明信片后，那晚上他们共住一间房子了，也不像前两晚上般的不自由了。

到了 K 埠的克欧精神和体力都同程度的疲倦极了，尤其是才离开苔莉的拥抱他便感着一种可唾弃可诅咒的疲倦。 他觉得睡在自己身旁的苔莉万分的讨厌。 她不管克欧的疲劳，看见他奄奄欲毙的态度，只当他是厌倦她了，她愈凑近他。快近六月的南国的气候已经很郁热的了，他觉得她的肌肤会灼人般的。

"你也回到你床上去歇息吧，我要睡了。"他催她快离开他。

"你们男人都是这样不客气的。 自己的目的达了后就不要人了的。 回到 N 县去时，怕少说话的机会了，我们趁这个机会多说点话吧。"她苦笑着说了后忽然流下泪来。

"想睡的时候哪里能谈话呢？"他像不留意她的哭了，因为她近来哭得太寻常了。 他知道她是患了歇斯底里症。

"日间睡了大半天，此刻还想睡么？ 你莫非是有病？"她伸过手去攀他的肩膀要他翻身过来向着她。

"日间不该睡的。 日间睡了，夜间愈想睡。"他闭着眼睛答应她。 他也觉得她可怜，翻过来机械的拥抱着她。

"你的意思怎么样？ 快到 N 县了。"她低声的问他。

"你呢？"他没有气力般的敷衍着反问她。

"你还问我？ 我想向霞儿的爸爸要点生活费就回 T 市去。 也望你……"她红着脸不说下去了。

"我随后也要回 T 市去的。 我要在 T 市的银行里实习。"

"不能一路回去么？"

"你想我好再跟你回 T 市去么？"

她点了点头后，"那你以后要什么时候才回来 T 市？ 靠得住？"她摸着他的胸口撒娇般的问。

克欧看见她的娇态，觉得自己的确没有离开她的能力与勇气了。 灼热着的她的身体再次的引起了他的兴奋。

"你还是歇息一会吧。 我看你的身体不如从前了，也瘦了许多。"她摸他胸侧的历历可数的肋骨。

半年间以上的无节制的性的生活把克欧耗磨得像僵尸般的奄奄一息了，他也知道自己的身体崩坏了。 每走快几步或爬登一个扶梯后就喘气喘得厉害，多费了点精神或躺着多读几页书就觉得背部和双颊微微地发热。 腰部差不多每天都隐隐地作痛。 他觉得一身的骨骼像松解了般的。 但他觉得近来每接触着她，比从前更强度的兴奋起来。 他想这是痨疾初期的特征吧。

三十八

苔莉去了后，克欧很疲倦的昏沉沉地睡下去了。 他也不知睡了多久，他像听见表兄国淳说话的声音，忙坐起来。 他感着背部异常的冰冷，伸手去摸一摸时衬衣湿透了大半部。他再伸手去摸自己的背部，满背都涂着有黏性的汗。 他望望对面的床上，苔莉脸色苍白得像死人般的浴在白色电光下睡着了。

　　哪里有国淳？　完全是自己疑神疑鬼的。　他在床上坐了一忽，觉得房里异常的郁热，头脑像快要碎裂般的痛起来。他轻轻地起来下了床，取了一件干净衬衣换上，跑出骑楼上来乘凉。　他望见满海面的灯火，又听见汽笛声东呼西应的。骑楼下的马路上往来的行人比日间稀少得多了，但还有电车——没有几个搭客的电车疾驶过来，也疾驶过去，夜深了的电车的轮音更轰震得厉害。

　　克欧在骑楼的扶栏前坐了一会，精神稍为清醒了些。　他翻转身来一看，骑楼的那一隅有一个小茶房迎着海风坐在一张藤椅上打瞌睡。　他是轮值着伺候附近几间房子的客人的。

　　"茶房！"克欧把小茶房惊醒来。

　　"什么事？"小茶房忙睁开他的倦眼。　他老不高兴的，站也不站起来。

　　"由 N 县来的小轮船到了没有？"

　　"没到吧。"小茶房不得要领的回答克欧。

　　克欧望一望里面厅壁上的挂钟，还没到十二点钟。

　　第二天晚上克欧要求苔莉搭小轮船到 N 县去。　但苔莉有点不情愿。

　　"霞儿的爸爸既然这样的没有责任心，我们也索性在这里多乐几天吧。"

　　克欧想自己是站在地狱门前的人了，还有什么欢乐呢。所谓两人的欢娱也不过一种消愁的和酒一样的兴奋剂罢了。

但他不敢在她面前说出来。

"我们没有什么理由在这 K 埠逗留了。久住在这里要引起他们的怀疑。"

"他们是谁?"她直觉着克欧所担心的不止国淳一个人。

克欧只有苦笑,不再说什么话。他感着自己的身心都异常的疲倦。今天的天气凉快些,但他的背部还微微地发腻汗。

——像我这个堕落了的病夫还有资格和纯洁的处女结婚吗?不要再害人了吧。克欧回忆自己的过去生活并追想到自己的将来,他觉得自己是前程绝望了的人!害了苔莉,不该再害刘小姐了。他思及自己的罪过,险些在苔莉面前流泪了。

"你还是想快点回到 N 县去见未婚妻吧!"苔莉更进迫一步的嘲笑他。

"是的,我要回 N 县去看看。总之我不至于对你不住就好了。可以么?"他很坚决地说。

苔莉总敌不住克欧的执意,就当晚十点钟抱着霞儿和克欧搭乘了驶往 N 县的小轮船。

"真的只有这一晚了。"他们在这小轮船里也共租了一个小舱房。但他们终觉得痛苦多而欢娱少了。他们都预知道事后只有痛苦和空虚,但他们仍觉得机会——日见减少的机会空过了很可惜。

"怎么你总是这样不高兴的?"他拥着她时问她。

"恐怕是身体不健康的缘故。 两三个月没有来了，那个东西！ 说有了小孩子，又不十分像有小孩子。 霞儿还在胎里时就不是这个样子。"她说了后微微地叹了口气。

"你身体上还有什么征候没有？"

"困倦了时，腰部就酸痛起来。 下腹部也有时隐隐地作痛，脐部以下。"

"不头痛么？"

"怎么你知道我头痛呢？"她仰起头来看着他微笑。"那真的不得了，痛起来时脑袋要碎裂般的！ 霞儿没有生下来时也常常头痛或头晕，不过没有近时这样的厉害。"她说后再频频地叹息。

"不是有了小孩子吧！"他像很担心般的。

"恐怕不是的。 有了身孕时，你怎么样？ 很担心吧！"她笑着揶揄他。

"没有什么担心。 不过……"

"不过什么？ 你们男人都是自私自利的。 只图自己的享乐，对小孩子的生育和教养是一点不负责任的。"她再叹息，叹息了后继以流泪。

——她患了歇斯底里病，我也患了神经衰弱症及初期的痨病了。 我们都为爱欲牺牲了健康。 不健全的精神和身体的所有者在社会上再无感知人生乐趣的可能，一切现象都可以悲观。 她想独占我的身心，我又想和刘小姐结婚；这都是溺在叫做"人生"的海中快要溺死的人的最后的挣扎罢了！

"你像患了妇人病。 怕子宫部起了什么障碍吧。"

"……"苔莉只点点头。

小轮船溯江而上。 夜深人静了，他们听见水流和船身相击的音响了。 江风不时由窗口吹进来。 克欧坐起来，睡在他旁边的她的鬓发不住地颤动。 他把头伸出窗外去，望见前面的两面高山，江面愈狭了，水流之音愈高。 顶上密密地敷着一重黑云。 看不见一粒的星光，他叹了口气。

——像这样的黑暗就是我的前途的暗示吧。 克欧感着万斛的哀愁，若不是站在苔莉面前，他要痛快地痛哭一回了。

三十九

第二天下午三点多钟，克欧回到 N 县来了。 N 县只有三两家很朴质的客栈。 克欧找了一家顶清洁的 R 客栈把苔莉安顿下去。

"我叫茶房到表兄家里去了，叫他即刻来看你。 我今天不能在这里陪你了。 我今晚上再来看你吧。"

克欧的家离城有十多里，今天赶不回去了，他打算明天一早回去。

克欧由 R 客栈出来，觉得一别二年的 N 县的街道都变了样子。 他最先到一家父亲来城时常常出入的商店搭了一个信，叫家里明天派一个人出城来迎他。

他再到几个朋友的住家去转了一转都没有找着。 最后，虽然不好意思，他跑向商业学校来了。　他是来会他的岳丈的，他明知他的行动前后相矛盾。　——不单矛盾，完全是无意识。　他想有这种种无意识的举动，才叫做人生吧。

"校长不在校，出去了。"号房这样的回答他。　走得倦疲极了的他站在学校门首痴痴地站了一会。

"要会会其他的哪一位先生么？"号房只当他有什么困难的事情要向学校商量。

"不，不必了。"他丢了一张名刺给门房后又匆匆地走出来。　他觉得没有地方可去了，他直向 R 客栈来。

在 R 客栈的后楼一间房子里，夹着一张圆桌和苔莉对坐着的不是别人，正是他的表兄国淳，国淳看见他，忙站起来说了许多客气话，向他道谢。

"到哪里去来？　是不是看刘老先生去来？"国淳嘻嘻的笑着问他。

明知苔莉决不会把自己和她的秘密关系告诉国淳，但克欧近来的神经很锐敏，他猜疑苔莉至少把秘密的一部分露给她的丈夫了。　他只脸红红的微笑着答不出话来。

"啊！　不得了！　行李还没有点清楚就急急地出去了，说要看未婚妻去。"苔莉故意的讪笑他。

克欧又觉着自己的意思的矛盾了。　他早想把苔莉母女交回国淳，自己好恢复原有的自由。　但此刻看见苔莉和国淳很亲昵的在谈话，又禁不住起了一种嫉妒。

——国淳在这里，我是无权利亲近她的了。　他感着一种悲哀，同时又感着一种绝望。 他坐了一会。 国淳对苔莉不会说话了。 他想尽坐在这里监督着她反要引起国淳的猜疑，他忙站了起来。

"你们久别了，慢慢谈吧！ 我出去一会再来看你们。"克欧勉强的笑着说。

"你又到哪里去？ 还没有会着未婚妻么？"她也忍着眼泪问他。

"不到哪里去。 到朋友店里去坐坐就来。"

"你要回来一块儿吃饭哟。"她知道他是因嫉妒走的，心里又喜欢又觉得过意不去。

"是的，克欧你今晚上就回来一同吃个晚餐吧。 我叫账房特别的准备好了。"国淳赶着跟了克欧出来。

克欧听见国淳以主人自居——在苔莉房里以主人自居的口吻，更感着一种强烈的醋意，像受了莫大的耻辱，差不多要流泪了。

国淳送着克欧走下楼来。 他当然是希望着克欧的回避，好让他和苔莉尽情的畅谈。 但他拍着克欧的肩膀：

"你今晚上定要回来！ 我回去了后你要尽力的替我劝她一劝，劝她回我家里去。 我家里的几个都很欢迎她，很可以共处的。"

克欧最觉惊异的就是他今晚上不想在这旅馆里留宿。

——他被她拒绝了吧。 克欧感着一种快感，他觉得自己还是个胜利者。

——他莫非怀疑了我们吗，怎么托我劝她呢？ 他已经怀疑我有比他更大的力支配她了。 他看出了她对我的怀想吧。托我劝她回他家里去就是暗示我拒绝她的爱的。 克欧想到这一点又感着一种不安。

"你今晚上还是在这里另开一间客房吧。 到别的地方寄宿多不方便。"国淳继续对他说。

他看见国淳此刻的诚恳的态度又觉得很对不起国淳了。偷了他的妾，还要嫉妒他，讨厌他，这不是强盗式的行为吗？ 他知道了苔莉没有露出一点破绽给国淳看，国淳对自己也没有半点怀疑的样子，他安心下去了。

——那么，还是劝她回他家里去的好，事情比较容易解决些。 无责任的思想再在克欧的脑里重演出来。

"我想到商业学校去寄宿一晚，明天回家去。"

"太不方便了。 你不怕人家的笑话? 乡里人顽固得很的。"国淳苦笑着说，"你还是在这里歇一晚吧。 望你今晚上尽情的劝她一劝。"

克欧看见国淳和苔莉对坐着说话后，顿觉得自己和苔莉相隔的距离有万里之遥，他想昵就她的情也愈迫切了。

四十

克欧在晚上的八点多钟才回到 R 客栈来，他走上楼上来时他们都围着一张小圆桌在谈话，国淳和苔莉外还来了两个客人。

"回来了，回来了!"国淳看见克欧先站起来说。 那两位客人也站起来。 只有苔莉怏怏不乐地坐着不动，她像很讨厌那两个客人。

克欧认得来客中的一个是他的岳丈，他忙嘻嘻地笑着上前去握手。 由刘老先生的介绍，克欧知道还有一个比较年轻的客人是刘校长的堂弟，在商业学校里当会计的。 克欧和他们周旋了一刻才坐下来。 他偷望苔莉，她的脸色异常严肃的，抱着霞儿背过那一面去坐着，她像很讨厌他们，巴不得马上赶这两个客人出去。 他们都不十分注意，只有克欧知道她的心事，他看见她的烦忧的样子，心里异常的难过。

"今晚上就搬到我那边去好吗? 学校里清静些，也方便。"刘老先生虽然觉得自己的女婿比从前苍瘦难看了，但他只当是在暑期中经了长途的旅行的结果，不过一时的现象罢了。 他不知道他的女婿早没有资格和他的纯洁的女儿结婚了。

"刘老先生! 急什么? 就住在这里，谁会和你争女婿呢?"国淳笑着说。 苔莉也噗的笑了出来，她像很感激国淳替她说了这一句。

"哈，哈，哈!"刘老先生也笑了起来。

"嫂子明天会到学校里来吧?"那个当会计的像受了克欧的岳母的嘱托，特向刘老先生提了提，叫他约定克欧。

"明天尊大人一定出来的。 内人也要出来的，她想会会你。 明天她大概会带小女同来吧。 现在是新时代了，不比从前了。 从前未婚的夫妇是难得会面的。 哈，哈，哈！"

"我们都准备好了。 明天谢老先生来时，克欧就伴他到学校里来，大家一同吃个便饭吧。 国淳，你伴你这位太太和小姐也一路过来。"那个当会计的也笑着说。

"谢谢。"国淳笑着点点头。 苔莉把嘴唇一努翻向那边去，好像不愿意听那些话。 不一刻，她抱着霞儿立起来回房里去了。

刘老先生和那个当会计的去了后是开晚饭的时候了。 国淳像有特权般的跑进苔莉的房中催她出来吃饭。 克欧等了好一会还不见他们出来。 他描想到国淳向苔莉身上的摸索，因为国淳是有这种下流习性的，强烈的醋意再涌起来，他恨不得快把国淳撵出去，马上把苔莉抱过来。

——你明天是要和未婚妻会面的人！ 他对苔莉的赤热的欲望像浇了一盆冷水。

——管它呢！ 国淳把今晚的机会让给我了，只有今晚一晚上了！ 我还是拥抱她吧！ 无论如何不能放过她！ 克欧也暗暗地惊异自己何以会变成这样堕落的一个人，这样无良心的一个人！

他望见苔莉带着泪痕出来，国淳抱着霞儿跟在后面。

吃过了晚饭，国淳替克欧叫茶房开了一间小房间，请克欧进去歇息。 他却跟着苔莉走进她的房里去了。

克欧本不情愿听他们在隔壁房里低声的私语，但又不情愿出去。 他怕国淳对苔莉有意外的举动，他要守护着她。他在自己的小房子里躺在床上静静的窃听她房里的声息。 国淳说话的声音很低，听不出他说些什么。

——他在向她要求吧。 他当她经了长期的性的苦闷，他一要求，定可发生效力的。 他不知道她，比他在 T 市时，有更强烈的新鲜的性的满足呢。 克欧想到这里又觉得好笑起来。

四十一

由八点钟等到十一点钟，国淳还不见离开这家客栈。 克欧等得不耐烦了，他一个人在房里饱尝了又酸又辣的嫉妒的痛苦了。 他忽然听见苔莉在隔壁房里叫起来：

"不行！ 不行！ 你今晚上快回去！ 你让我再深想一回，决定了主意后再答复你！ 你快松手！ 莫吵醒了霞儿！"

克欧听见苔莉这样的向国淳拒绝，心里虽发生一种快感，但听见国淳对她竟无礼的动起手来，他的胸口像焚烧着般的，一阵悲酸和愤怒结合起来的怪力差不多逼他跑过隔壁房里去向国淳宣告决裂。 但他——卑怯的他只一刻又忍了下去。

过了一忽，国淳脸色苍白很失望地走出来站在克欧的房门首。

"我回去了。 明天一早就来。 请你多多劝她，劝她回我家里去同住。 我从前虽骗了她，但以后决不会对不住她就好了。 是不是？"

克欧只点点头。 国淳垂着头向楼下去，克欧不能不送出来。 他站在客栈门首看着国淳跳上人力车去了后才回到楼上来。 他还不敢就走进苔莉房里去。 怕国淳忘记了什么事物赶回来。 但他早想和她亲近了，全身发热般的想和她接触了。 他的胸口不住的悸动——像初和苔莉接近时一样的悸动。

快要响十二点了，他望着客栈的外门下了锁后他才走进苔莉房里来。 她痴望着桌上的洋灯火在流泪。

"身体怎么样？"他坐近她。

"……"但她不理他。

他看见她不理他，忙把房门关上，过来和她亲近。

"你还是看你的未婚妻去吧！ 跑到我这里来做什么？"她拒绝他的要求。

"你就变了心了！ 你还是喜欢他！ 他有了安定的生活！"克欧用这样的反攻的方法。 他还没有说完，她的身体早倒在他的怀里了。 她伏在他的胸前啜泣。

"他走了后，你怎么半天不到我房里来？！ 克欧，你还忍心磨灭我吗？ 我们快点打定主意才好。"

他们俩再次的经验了可咒诅的疲倦后，都觉自己的这种享乐完全和自杀没有区别。

但他还紧迫着她，要她把国淳对她的举动说出来增助他的快感。

"提他的事干什么？ 说起来令人讨厌！"

"你快说出来！ 两三个钟头没有声息，你们不知做了些什么事！"

"啊呀！ 恶人先控诉起来了！"她微笑着说。

她被迫不过，到后来她告知他国淳乘她没有防备，把她搂抱在膝上坐了一刻，并且伸手过来⋯⋯

"你怎样让他抱呢？"他恨恨地在她的背部捶了一拳。

"啊哟！"她只发了这样的一个感叹词后拼命的攒向他的怀里来。

他继续着在她背上捶了两三拳，他的拳像捶在橡胶制的人儿身上般的，她不再呼痛了。

"你尽捶吧！ 捶到你的气愤平复！"她说了后又泫然地流出泪来。

霞儿给他们惊醒了，狂哭起来。

四十二

第二天起来，克欧的头脑像要破碎般的痛得厉害，因为他昨夜整晚上没有睡。

——我不单是个罪人，也是个狂人了！ 我也是个没有灵魂了的人！ 我的体内的血液早干涸了，我周身的神经也早枯萎了，无论在精神上，体力上，道德上，社交上，我都失了我的存在了！ 健全的事业是蓄于健全的身体中的。 像我这样半身不遂的人又还有什么事业可言。 大概我在这世界上的生存时期也不久了吧。 我不该留在人间再害别人，再害社会！ 我当早谋自决的方法！

——父母，我该回去见一见！ 未婚妻也去会一会吧！她看见只剩下一副残骸的我，一定大失所望吧。 好的，还是希望她对我失望的好，免得日后害她伤心。

——苔莉近来也受着病魔的压迫，很痛苦的样子。 我就把我的计划告诉她吧。 她一定赞成的。 我们前途再没有幸福可言了。 就连那一种可耻的娱乐也达了最后期了，我们所感得的唯有病苦和疲倦——可咒诅的病苦和疲倦！

——她对霞儿尚有点留恋吧。 她还比我强些，她万一不听从我的主张时又怎么样呢？ 不，她一定跟着我来的。 但我的计划要早点告知她。 让她多和国淳见面，思念到霞儿的将来，恐怕她要在他的面前屈服也说不定。 还是早一点要求她一同取自决的方法吧。

克欧一个人坐在自己的小房里胡乱的思索了一会，觉得脑部愈痛得厉害。 房子像在不住地震动。 身体也比平时加倍的疲倦。

——我的健康没有恢复的希望了！ 慢说今后的事业，就连一天三顿的饭我都像没有勇气吃了。

苔莉循例的冲了一盅牛乳端过来。 他待伸出手来接那盅

牛乳，还没有接到手里，他的手就先颤动起来。 牛乳盅拿到
手里后愈颤动得厉害。

"我起来时也是一样的手颤动得厉害。 喝了牛乳后精神
安静了些。 不知道为什么缘故这两天我的心总是乱得很。"

"苔莉，我们是在健康上已经绝望了的人！"他说了这一
句后也细细的把自己的病状告知她。 随后又把自己的计划说
出来征求她的同意。

苔莉听见克欧的最后的计划，一时答不出话来。 她像怀
疑克欧是说出来试探她的，又像怀疑克欧已经变成个疯人
了。

"我们不是定要照我们的最后计划做的。 我们先到南洋
群岛去。 假使我们的健康有恢复的希望，我们就在海外另创
一个世界吧。"克欧看见苔莉迟疑，再加了这一段的说明。

"霞儿可以同去么？"苔莉问他。

"为霞儿的将来幸福计，还是交回她的爸爸的好。 跟了
我们来，怕不是她的幸福。"

他们俩讨论了一回，苔莉大概答应了。 她只商量把霞儿
交托国淳的方法了。

克欧坐着说了好些话，他的腰部又酸痛起来了，他再向
床里躺下来。 他躺下来后就轻微的咳嗽起来。

——我的痨病大概是成了事实的了。

四十三

那天下午四点，克欧和他的父亲回到旅馆里来。 父亲在旅馆里坐了一刻，约他明天上午一同回家去，他老人家就到一个友人的店里去歇息了。

克欧会见了未婚妻后愈加伤感。

——自己的幸福完全由自己一手破坏了！ 像这样纯洁的美人儿，自己是万无资格消受了的。 她的纯雅的特征决不能由苔莉身上发见出来。 苔莉虽然美，但她是一种艳美，赶不上刘小姐的清丽。 刘小姐，我是无资格和你结婚的人了，我坐在你面前，只有自惭形秽。 我去了后，望你得一个理想的配偶者——一个童贞的，终身诚诚恳恳爱护你的人！ 我死了之后也这样的替你祷祝的。

他在那晚上把自己的书籍，原稿及毕业文凭都取出来付之一炬。 他临烧的时候只手拿着文凭，只手指着它骂：

"你这张废纸害人不浅！ 因为有你这一类的废纸牺牲了不少的有为的青年！ 好的青年因为你牺牲了不少的精神，机械的在做死工夫！ 不好的青年也因为你干出了不少的卑鄙的事来！ 我也因为你这张废纸受了几年苦，结局还是虚空！ 我今不要你了！"

他和苔莉把这些东西慢慢地焚烧了后已经近十二点钟了。 那晚上她到他房里来了，他们已陷于自暴自弃的状态了。 他像循着周期律般的到了每晚上十二点钟就有一度兴奋，有了痨病的症候以后更难节制的兴奋。 到了第二天早上克欧周身微微地发热。 他吐出来的痰里面混有许多麻粒大的血点和血丝。 他这时候对这几口血痰唯有微笑。

到了八点多钟，他的父亲很高兴的来了。 他一到来就说轿子雇好了，要克欧收拾行李即刻动身。

克欧不忍叫父亲失望，他勉强的支撑着病体起来。

"我的行李早捡好了。 这么多行李，轿子里面放不下吧。"

"不，行李叫个挑夫来挑。 我押行李回去。"

"单为我雇了一顶轿子吗？"

"怕你走路不惯，叫了轿子来。 我差不多天天走路的。今天特别的乘轿回去。 村里的人们要笑话。"

——以患病为口实乘轿子回去也未尝不可。 但是父母并不知道我有病。 他以为我大学毕业回来该乘轿子回去，很可以光宠光宠村里的破坏了的家园，可以光宠光宠虚荣心很强，但是又贫又老的双亲。 克欧的眼泪差不多要流出来，因为老父在面前，他竭力的忍住了！

——可怜的父母！ 你们那里晓得你们的独生的儿子这么样的堕落，这么样的不孝！ 在外面念了五六年书，把父亲累得一天天的喘气不过来。 最近在 T 市时得他的来信说，听见我毕了业了，他也安心了，望我早日回来替他支撑门户。他又说，这几年来实在太苦了，因为我的学费真叫他没有一天好吃和好睡。 他又说，我毕业后不论能马上得职或不得职，总之先回来家里看看。 看看老年的父母，暮气很深的父母。 他又说，能够和名门的刘小姐结婚就算是读书六年来的效果，可以安慰老年双亲的效果。 他又说，家里还有几亩可以耕种的田，几栋可以蔽风雨的房屋，今后可以不再筹我的学费而我毕业后又能得相当的职业；那么这几亩田，几栋房子总可以望保存吧。

——可怜的父亲！ 绝无野心的父亲！ 安分知足的父亲！ 你为什么会生出这样不肖的儿子来？！ 但是现在我毕业了，有什么东西可以拿出来报答父母呢？ 此次回家的轿费都还要由父亲负担！ 父母所希望的报酬只有这些吧，村人送给他们的谀词，送给他们的高帽子吧。

"××伯，你的儿子在大学毕了业回来了吗？"

"××伯，你的福气真厚，才生得出这样精致，这样有本事的儿子来！"

——父母因为喜欢听这些谀词，终于做了不肖的儿子的牛马！

四十四

克欧回到家里住了四五天了，每天莫不思念苔莉，他很担心在这几天内她要陷于国淳的多方的诱惑。

——不至于吧！ 她已经这样坚决地答应我了！ 不过天下事很多出人意料之外的，还是快点回城里去好些。

　　克欧在家里住了五天，托名到城找医生诊病，又跑出 R 客栈来了。 他到客栈来时，国淳早在苔莉的房里了。 国淳看见克欧，忙走来要他到厅门首去说几句话。

　　"克欧，你到这里来。 我自有要紧的话和你说。"

　　克欧看见国淳的没有半点笑容的严冷的脸孔，他知道在这几天中有了什么变故了。 病后的他的心脏更跳跃得厉害，他不能不红着脸跟了他来。

　　"我是不十分相信这件事的，不过他们都这样说。 我问苔莉，她只不做声，缠问了她许久，她只说一任我的推测。 总之她回我家里去与否的关键像又操在你的掌中了。 刘老先生也听了点风声，很替你担心。 你不久就要和一个闺女结婚的人，你还是坚决地叫她回我那边去的好。"

　　国淳说了后拿出一封信来给克欧看。 克欧一看就认得是小胡写的。 因为他从前在苔莉那边看过小胡的笔迹。 克欧略把那封信看一过，信里的大意是报告他和她的秘密关系给国淳，并且列举了许多证据。

　　克欧把小胡的信交回国淳后，国淳再取出一封信来给他看，第二封信是刘宗金写的了，也是把由 T 市 N 街采访出来的材料——克欧和苔莉的秘密材料——报告国淳。

　　克欧此时才知道国淳娶苔莉时，她已经不是个处女了。她的最初的情人另有一个青年。 后来因为那个青年对她用情太不专了，她也就同他绝了交，各走各人的路。

　　国淳把苔莉从前的秘密告诉克欧的动机是想叫克欧莫再

留恋她，莫留恋这么一个不值钱的女人。 但克欧想，已经迟了，不，就在克欧和她未接近以前说出来也难挽回他们的这种运命吧。

克欧脸红红地听国淳说了一大篇后想不出什么话来回答国淳，他只低着头。 他像有了相当的觉悟了。

国淳去后，克欧走进苔莉房里来看她。

"他们把罪恶完全归到我们身上来了哟，他们说完全是我蛊惑你的。"

"还管他们的批评吗？ 我们早点走吧！ 明天就去吧！"

苔莉望着睡在床上的霞儿垂泪。

第二天早上霞儿醒来时找不着母亲就痛哭起来。 R 客栈的人忙跑到国淳家里去报信。

国淳在霞儿的枕畔发见了一封信，信里面是这么写的！

我这封信是流着泪写的。我之流泪并不是因为别你而悲伤，我是为霞儿哭的。我原以抚育霞儿自任，你即置我母女于不顾，我亦誓愿抚育霞儿使之长成。不过现在的我早缺了人生的气力了，恐无视霞儿长成的希望了。念及日后以病身贻累霞儿，则不如及早自决之为愈。我不愿以不幸的母亲之暗影遗留霞儿的脑中。不单霞儿，我希望凡与我相识者日后都能忘记我的存在。

国淳，我固负君，但君先负我。我两人间既无爱情之足言，则亦无所谓谁负谁了。但霞儿是你的女儿，你有替我抚育她的责任。凡虐待我的霞儿者,神必殛之!

严格的说来,我实未尝负人,实我所遇非人耳。男性的专爱在女性是比性命还要重要的。一次再次求男性的专爱失败了的我,到后来得识克欧了。他虽然不是我的理想中的男性,但我终指导了他沿着我的理想的轨道上走了。并且我是再次受了男性的蹂躏而他是个纯洁的童贞,他为我的牺牲不可谓不大了。他为我牺牲了青春时代,牺牲了有为的将来,牺牲了他的未婚妻,牺牲了他的性命,跟着也牺牲了他的父母!那么,在这样高贵的代价之下,我也该为他死了!社会对我们若还要加以残酷的恶评,那我们虽死也要诅咒社会的。

由积极的方面说起来,为国,为家,为社会的方面说起来,克欧是要受"无能和不肖"的批评吧。不过就他的牺牲的精神方面说,他已经是很伟大了!由你们对女性不负责任的人看来恐怕是望尘不及的伟大吧!

最后再叮嘱你一句,望你善视霞儿!

过了一星期,K 埠新报载六月三日由 K 埠开往南洋各埠的 P 轮船才出港口,搭客中有一对青年男女向海投身;大概是自杀,不是失足掉落去的。

一九二六年七月一日脱稿于武昌

(1927 年 3 月初版,上海创造社出版部)

风靡一时的现代言情叙事

—— 张资平中篇小说略论

吴义勤

　　作为新文学史上"创造社"的"四大金刚"之一，张资平不但创作了新文学史上第一部长篇小说《冲积期化石》，还以《飞絮》《苔莉》《约檀河之水》《木马》等中短篇小说创作展现了他在现代文学史上的重要地位。 这些作品深受日本自然主义文学思潮的影响，都堪称张资平的代表作。 它们或控诉宗教虚伪，或表现灵肉苦闷，流露出了浓郁的主观抒情风格和浪漫感伤情调，较为明显地体现了五四时代精神的某些侧面。 而且，这些作品大都具有明显的反封建倾向和艺术实验色彩，社会进步意义以及在小说文体上的探索与实践都不容漠视。

　　张资平的小说大都以作者少年时代在家乡学校、日本留学时的经历为素材，不但侧重书写在异乡、异国所遭受到的冷遇、歧视，展现其恋爱境遇中的心灵及精神处境，以及由此而牵涉出的丰富的精神命题，而且还在较为宽广的视野下，描写了20世纪20年代初期中国社会的若干面相，表达了自己对民族国家、教育制度、教会制度和个体人生的诸多

看法。 这是五四时期"人""人学"以及时代主题在小说中
的集中反映。

《梅岭之春》是张资平恋爱小说的代表作。 小说通过对
童养媳保瑛依从内心呼唤、勇敢追求爱情过程的细致描写，
一定程度上控诉了封建礼教、宗法制度对妇女的身心压迫。
其实，小说中的男主人公吉叔父怯懦、自私、不负责任，并
不值得保瑛去爱。 爱而不能，或者爱而无果，这就传达出了
一种浓重的悲哀情调。"醒后无路可走"，不仅是保瑛的遭
遇，也是那个年代相当一部分青年人的命运遭际。 这种遭际
易引发一代青年人的心理共鸣。 此外，精当入微的心理描
写、细致生动的写实笔法，以及清新浓郁的乡土气息，也都
使得这部作品成为张资平作品中难得的上乘佳作。

他的小说善于单纯地表现男女间的三角关系或多角关
系，并在恋爱上面贴上"革命""自由""个性解放"等标
签，因而，张氏及其创作在同行作家那里评价并不高。"现在
我将《张资平全集》和'小说学'的精华，提炼在下面，遥
献这些崇拜家，算是'望梅止渴'云。 那就是——Δ。"这
是当年鲁迅先生对张资平犀利而形象的评价，此后，"Δ"几
乎成了张氏文学创作的商标。 可见，在秉承启蒙理想、宣扬
文学革命精神的同时代作家看来，张氏及其创作自然不入其
法眼。

《苔莉》是张资平性爱小说的代表作。 小说侧重展现了
经由性爱欲望引发的种种矛盾，揭示了主人公在自身爱欲与

虚荣之间的困惑、挣扎，其描写的大胆、直率、真诚，以及对人物悲剧命运的呈示、对多角度恋爱关系的营构、对性爱心理及言行的刻画，都典型地代表了张氏此类小说的创作特点。 但由于作者过度崇尚自然主义风格，特别是耽于性爱和肉欲描写，与此前的作品相比，这部中篇在主题思想、人物关系、艺术结构等方面依然存在着比较严重的自我重复现象。

图书在版编目（CIP）数据

苔莉/张资平著；吴义勤主编. —郑州：河南文艺出版社，
2018.8

（百年中篇小说名家经典／何向阳总主编）

ISBN 978-7-5559-0573-8

Ⅰ.①苔…　Ⅱ.①张…②吴…　Ⅲ.①中篇小说-小说集-中国-
现代　Ⅳ.①I246.5

中国版本图书馆 CIP 数据核字 (2017) 第 262116 号

选题策划　陈　杰　杨彦玲

责任编辑　王　宁

书籍设计　刘运来

责任校对　梁　晓

出版发行　河南文艺出版社

本社地址　郑州市鑫苑路 18 号 11 栋

邮政编码　450011

售书热线　0371-65379196

承印单位　河南瑞之光印刷股份有限公司

经销单位　新华书店

开　　本　787 毫米×1092 毫米　1/32

印　　张　7.25

字　　数　127 000

版　　次　2018 年 8 月第 1 版

印　　次　2018 年 8 月第 1 次印刷

定　　价　25.00 元

印厂地址　河南省武陟县产业集聚区东区（詹店镇）泰安路

邮政编码　454950　　电话　0391-2527860